Annie, te souviens-tu...

Léo Bardon

Annie, te souviens-tu...

Avec la collaboration
de Sophie Blandinières

Michel Lafon

7-13, boulevard Paul-Émile Victor - Île de la Jatte
92521 Neuilly-sur-Seine Cedex

www.michel-lafon.com

Prologue

Elle me manque, mais ce n'est pas la raison d'être de ce livre. C'est *pourquoi* elle me manque que je vais vous raconter. Pour lutter contre le silence qui a fait son lit. Pour ne pas oublier, surtout, combien elle a eu de courage, de cœur. Pour dire combien je l'aime et combien est impardonnable le cynisme de la maladie, de cette maladie dont j'ai encore aujourd'hui du mal à dire le nom, un nom que je rêve d'oublier. A-L-Z-H-E-I-M-E-R. Un nom maudit, un nom de vice.

J'emploie souvent le passé pour parler d'elle avec ce sentiment trouble d'un présent qui est déjà passé ou d'un passé qui est encore présent. Elle est encore de ce monde, Annie. Je ne devrais pas dire « de ce monde » parce que, justement, elle n'est plus dans le monde. Elle est encore en vie. Je ne devrais pas dire « en vie » parce que, justement, je ne sais pas si c'est encore la vie. Elle est vivante, mais un peu morte aussi. Car elle est tombée dans l'oubli. Il est trop tard pour les plateaux, trop tôt pour la nécro.

Je me sens seul maintenant. Mais il me reste ce qu'elle a perdu, les souvenirs. Je me souviens. Quand le mal blanc n'était pas là et puis après... Après, quand tout commence à se détériorer, à se déliter. Quand s'amorcent la fin, le vide, ici et maintenant.

D'habitude, on va de la page blanche à la page pleine. Mais Alzheimer a tué même les habitudes en imposant les siennes. Alors maintenant, on va de la page pleine à la page blanche, du plein au vide, du noir au blanc, de la couleur au noir et blanc. Je vais vous raconter, et puis je me tairai avec Annie Girardot.

1

« Vous êtes qui, vous ? »

Annie et Léo sont dans le salon, chez Annie. Ils sont assis là depuis un long moment, ils regardent la télé.

ANNIE : Bonsoir, vous allez bien ?

LÉO : Mais Annie, c'est moi ! C'est Léo !

ANNIE : Ah, vous connaissez Léo ? Vous savez, Léo, c'est mon copain, il est formidable.

LÉO : ...

Je voudrais ne pas avoir d'oreilles, au mieux je voudrais qu'elles soient bouchées. Je suis Léo le bavard, Léo l'oreille, d'habitude. Mais là, je ne sens plus ni mes oreilles ni ma langue. Tout s'est figé en moi. Je suis Léo le vivant, le drôle. Mais là, je suis assis dans le petit fauteuil, triste et mutique.

Annie me connaît bien, pourtant elle ne me reconnaît pas. Pour elle, je suis un visiteur imaginaire, un type à qui raconter combien Léo, *il* est son pote. Elle m'a dit un jour, du temps où elle ne me prenait pas encore pour un étranger, en parlant de moi et de Valéra : « Sans vous je serais morte. » Je suis au courant de ça, qu'on peut crever de solitude. Annie, Léo. Léo, Annie. Une vieille histoire bien fatiguée, bien éteinte pour tout le monde, sauf pour moi. J'en ai gardé toutes les images, intactes, qui passent et repassent dans mon cerveau fatigué. Je me souviens de tout. Je me souviens pour deux.

Bizarrement, d'abord, après qu'Annie fut entrée dans une maison de retraite, comme un traumatisme, un trou noir, je ne me rappelais rien. Et puis, de façon détournée, j'ai commencé à voir, à entendre le passé. Annie, Léo. Léo, Annie. Annie, Léo, la maladie. Annie, Léo, Valéra, Anne, la maladie. Annie. La maladie.

Vous êtes qui, vous ?

Je m'appelle Alzheimer, ne m'appelez pas, je suis là. Et je vous préviens, je suis particulièrement méchante. Je compte tout détruire jusqu'à ce qu'il n'y ait plus d'histoire, plus d'Annie, plus de rires, plus de Léo, plus de mots. Jusqu'à ce qu'il ne reste même pas assez de silence.

Le problème, c'est qu'Annie est célèbre. Très célèbre, même. Avant d'être Annie, elle est Girardot, la grande actrice française, cinquante ans de carrière, plus de cent cinquante films. Elle est cette silhouette menue, ce visage ouvert, cette voix et ce sourire spéciaux qui sont si familiers aux Français. Elle est connue du plus grand nombre, actrice populaire au sens strict. Où que j'aille avec elle, tout le monde la reconnaît toujours. Enfin presque. Le monsieur assis à côté d'elle dans ce train qui nous ramène à Paris semblait pourtant sûr de lui : « Oh, bonjour madame ! Je vous reconnais, vous êtes une grande actrice. Je suis content de vous voir, madame Moreau ! » J'observe Annie, sa réaction, derrière ses grandes lunettes noires. Je sais qu'elle va répondre. Elle a toujours la bonne réplique. Jamais méchante, toujours drôle. Du Audiard dans le texte. Elle remercie le monsieur : « Vous êtes bien aimable, monsieur, elle est grande aussi, Mme Moreau, mais moi, c'est Girardot ! »

En fait, elle s'en fout bien, qu'on ne la reconnaisse pas. Ce qui importe, c'est qu'on l'aime. Elle me demande tout le temps : « Mon Léo, tu m'aimes ? » comme si la réponse n'était jamais certaine ou n'était valable que pour une durée déterminée.

Un sacré numéro, Mme Girardot. Je l'admire tant, je la vénère presque. Pour tout ce qu'elle a fait, de grand, au cinéma. Mais c'est à ce qu'elle est, surtout, que je me suis attaché. J'ai toujours pensé qu'elle était très forte pour se faire aimer. Elle a su, petit à petit, finement, m'attirer près d'elle et me garder. En tant que quoi ? Là est la question et elle est épineuse. Mon statut... Difficile à définir. De toute façon, je ne rentre jamais dans les cases. Au début, auprès d'Annie, je n'ai même pas d'existence officielle. Ils sont donc quelques-uns, les premiers temps, à s'interroger sur la présence systématique du jeune type que je suis aux côtés d'Annie. Son mignon ? Sauf que, je ne m'en cache pas, je suis homo. Me soupçonner de coucher avec l'actrice de cinéma est grotesque. Pas facile de virer sa cuti, même pour une star comme Girardot. Son dealer ? On ne m'a pas posé la question aussi directement. C'est juste qu'une nuit, alors que je faisais la fête, un type m'a demandé si je n'avais pas de la coke ou des ecstas à vendre. Je ne pensais pas avoir l'allure d'un dealer, j'ai été étonné de cette question, je lui ai répliqué : « Pour qui vous me prenez ? » Il m'a jeté un : « Je te prenais pour le dealer de Girardot ! » Estomaqué, je n'ai rien dit.

Suis-je son parasite ? La pire hypothèse, celle-ci. À écarter puisque je n'ai jamais touché de salaire. Annie me rémunérait pour mon travail d'« assistant personnel » en me prêtant un petit appartement. Et si j'étais un pou, j'aurais engraissé sur la tête d'Annie, je serais riche aujourd'hui. Ce n'est pas le cas, c'est plutôt l'inverse, une main devant, l'autre derrière.

Bien que, très vite, Annie ait dit : « Voyez ça avec Léo », « Ça, c'est Léo qui s'en occupe », « Je vais vous passer Léo, c'est lui qui gère », les gens ont mis du temps à me reconnaître officiellement. Je suis habitué, je ne suis qu'un anonyme, un pékin parmi d'autres. Léo Bardon, ça ne dit rien à personne. C'est bête parce que je suis comédien. Bon, on ne m'a qu'un tout petit peu vu au cinéma, pas assez pour marquer le public. Je suis habitué, alors quand on me demande mon nom et ce que je fais là avec Annie, je ne le prends pas mal, je ne suis que superficiellement blessé. Ce qui est plus désagréable, c'est de se sentir un intrus. Comme chez Patrick Sébastien, au début, en 1999, pendant le tournage du film *T'aime*. Je ne dois pas venir mais Framboise, une amie chanteuse de la bande à Basile par qui la rencontre avec Sébastien s'est faite, me demande avec l'insistance d'Annie de les rejoindre.

Je l'ai tous les jours au téléphone et elle se plaint d'Annie. Elle me dit qu'elle est odieuse, que son caractère est infernal. Je finis par obtempérer et, comme il n'y a plus de chambres libres à l'hôtel, Annie a tout de suite dit : « Il dort avec moi. »

Pour me faire accepter, au début, quand je ne connais pas les gens, j'arrive les bras chargés de cadeaux. À ce moment-là, j'ai en ma possession des brouettes de jouets *Action Man* parce que je viens de bosser sur une tournée promotionnelle. Mais, malgré ma montagne de présents, je ne suis pas à l'aise. Je passe ma première nuit dans la maison de Patrick Sébastien, je dors mal. Le matin, le maître des lieux prend son café dehors. Les gamins sont là aussi, qui s'amusent avec tous les gadgets distribués. En les voyant, il dit bien fort, pour que j'entende : « Quel est donc le grand prince qui a amené autant de cadeaux ? » Je me tasse sur ma chaise. Quelques mois plus tard, j'essaie de disparaître dessous quand Patrick Sébastien, au dîner de l'avant-première de son film, *T'aime*, me regarde d'un œil glacial et lâche : « Vous êtes qui, vous ? » Je suis incapable de répondre. Pourtant, il y a une réponse, c'est facile. Annie n'est pas la première à s'appuyer sur un secrétaire particulier. En réalité, je ne suis pas capable de répondre parce que je ne sais plus très bien qui je suis.

Au fil des mois, je me suis oublié dans mon rôle. Tout mon être s'est dissous dans ma fonction. Peu à peu, je n'ai plus été que le Léo qui s'occupait d'Annie. Et quand on apprend à se taire, après, on n'arrive plus à parler. Alors, quand Patrick Sébastien me pose sa question qui tue, ce soir-là, je parviens à peine à bafouiller une réponse. La réponse est une question, je me demande : « Au fait, c'est vrai, je suis qui, moi ? »

2

« Je suis qui, moi ? »

Avant, j'étais un sacré numéro. C'est ce que les adultes disaient de moi. Le genre de petit garçon qu'on remarque parce qu'il gesticule beaucoup, fait des bêtises, et le genre d'adolescent qui agace ou séduit, au choix, tellement il prend de place. Il y a longtemps déjà, je n'étais pas un homme mais une pile. D'ailleurs, je me suis toujours identifié au lapin Duracell qui continue d'avancer même quand la pub est finie. J'étais curieux et très déconneur. J'ai toujours préféré la dérision au drame. À moins que l'épuisement ne m'en laisse plus la possibilité, je me moque de tout, surtout de moi. Comme Annie faisait avec les choses et elle. De sa maladie, nous en avons ri aussi.

Je crois que très tôt mon aptitude pour le spectacle est apparue. Au mauvais endroit, à l'école, là où précisément on ne sait pas encourager les saltimbanques, pire, où on les rejette. Mais ça, je l'ai compris trop tard, quand ils m'ont envoyé en « classe d'adaptation ». Il m'a bien fallu admettre que je devais être un peu inadapté pour qu'on me mette en classe d'adaptation. Leur idée, en fait, était de me retirer du cursus général pour me faire faire un CAP de carreleur. Quand ils m'ont dévoilé leur projet, c'est l'idée que j'ai trouvée inadaptée. C'était pas très cohérent : ils vantaient mes qualités en français mais me proposaient d'apprendre à être carreleur. Je ne voyais pas bien le rapport, mais on ne me demandait pas vraiment mon avis. En moins de deux, je me suis retrouvé à tapoter distraitement sur des carreaux avec un marteau. On ne peut pas dire que ça m'ait épanoui...

Heureusement, ça ne dure pas trop longtemps. Mes parents acceptent que j'intègre les cours Simon, où je me sens enfin dans mon élément, avec d'autres mômes comme moi. Quand je ne suis pas sur la scène des cours Simon en train de bouffonner, je me pelotonne sous la grande table du salon pour regarder les films en noir et blanc qui passent à la télé. Regarder des films et dormir sont les seules activités que je pratique en silence. La petite lucarne me fascine, je suis ébloui et muet. Chez mes parents, à Levallois, ou chez ma grand-mère adorée, une fan de télé, je passe des heures à absorber des images. Je retiens, entre autres, le Dr Françoise Gailland, symbole de la femme moderne et combative. J'admire cette héroïne télé parce qu'elle me touche dans son altruisme et sa révolte contre les injustices. En fait, elle doit me faire penser à ma mère, Annie, restauratrice courageuse, et à ma grand-mère, une grande dame, émancipée, qui travaille au ministère du Travail. Ma petite grand-mère... Avec elle, je sais ce que sont la liberté et la rigolade.

Pour la théorie, je suis les cours Simon. Là encore, je suis le pitre. Dès ma première audition. Je passe le fameux poème d'Apollinaire, « Sous le pont Mirabeau », devant la directrice qui maintient l'ordre dans la classe en tapant des petits coups secs sur un cendrier métallique. À peine engagée, ma performance dérape. J'ai le truc de l'inexpérience, le trou de mémoire. Je suis infoutu de me rappeler, un comble, ce qui coule sous ce sacré pont Mirabeau. Alors je le dis, que je ne sais plus, et j'ai même le culot de poser la question à mon public, amusé : « Ben oui, qu'est-ce qui coule sous le pont Mirabeau ? Bonne question ! Qu'est-ce qui coule sous le pont ? Vous le savez, vous ? Parce que moi, je n'en ai pas la moindre idée ! » La salle est maintenant hilare et la directrice s'énerve sur son cendrier. Je suis ravi, j'adore quand c'est n'importe quoi. En plus, je viens d'être acclamé comme le roi des bouffons. Je suis moins content quand la directrice me fait descendre de scène en m'affublant d'un surnom, « de Funès n° 2 ». Je suis super ambitieux à l'époque, je suis jeune. Je ne compte pas être le numéro 2 de qui que ce soit, même de de Funès, que je respecte infiniment. J'ai l'orgueil du débutant, je suis convaincu qu'un jour on reconnaîtra et célébrera mes talents de comédien.

Ce jour n'est pas arrivé parce que le film ne s'est pas déroulé comme je l'avais imaginé. Ou plutôt, ç'a été un autre film. Celui de la vie d'Annie. C'est dans le sien que j'ai joué un rôle mémorable. Mais il a fallu du temps avant qu'on me crédite au générique. À part pour les situations embarrassantes que ça créait parfois, ce n'était pas gênant. Moi, je savais, c'était le principal. Je savais mon utilité, l'importance de ma présence aux côtés d'Annie. À la fin, usé, exténué, il m'arrivait d'en douter, je l'avoue. La fatigue me donnait le coup de grâce en me soufflant : « Eh, Don Quichotte, tu ne sers à rien, tu te bats contre ce que tu ne vois pas, tu perds, tu ne peux rien pour elle, inutile, ce que tu fais. »

La reconnaissance des autres qu'Annie, je l'ai eue plus tard. Au moment de la diffusion du documentaire télévisé que Nicolas Baulieu a réalisé en 2008, *Annie Girardot, ainsi va la vie*. Le jour de la projection, j'ai senti qu'enfin je n'aurais plus de justification à donner. Le film témoignait de ce que nous avions vécu avec Annie, il disait ce que je n'avais pas été capable de répondre à Patrick Sébastien quelque temps plus tôt : l'amour d'Annie, sa reconnaissance, notre tendresse, mes attentions, ses blessures, mes douceurs. On se comprenait, même si c'était assez mouvementé entre nous. Annie avait des raisons de m'aimer : elle détestait le calme. Annie avait plein d'amour à donner, moi aussi. La sensibilité, tous les deux, nous l'avions en excroissance.

D'ailleurs, la seule restriction permanente d'Annie Girardot était le choix de ses rôles : elle ne voulait pas de rôles de méchante, elle refusait de les endosser, ils lui allaient mal. Impossible de lui demander de tuer quelqu'un. Même pour de faux, Annie n'en était pas capable. Quand je lui lisais la fin d'un scénario qui faisait d'elle une meurtrière, elle se révoltait : « Ah non ! Moi, je ne tire sur personne ! Je n'ai jamais tué personne dans aucun film, ce n'est pas aujourd'hui que je vais commencer. Soit ils changent la fin, soit je ne le fais pas ! » La balle devenait alors, sur mes recommandations, une crise cardiaque ou un accident de voiture. Je souriais, je connaissais sa réaction par cœur. Je la voyais souvent s'énerver devant la télé quand le journal diffusait des images de feu et de sang. Annie, c'était la haine de la guerre, la révolte devant la souffrance. Le mal en concentré, ça la mettait très en colère, elle ne comprenait pas, elle qui ne désirait la mort de personne, même pas celle d'une pourriture ; elle qui disait, au pire de sa malveillance : « Il faut l'enfermer, celui-là. » Elle, enfin, qui se débrouillait pour se souvenir des bonnes choses, seulement des bonnes choses.

Faire plaisir, donner du bonheur, Annie essaie. Au début de notre amitié, elle tente des trucs pour me donner le sourire. Par exemple, elle connaît mon admiration pour sa copine Muriel Robin, alors elle organise une rencontre surprise. Elle ne me dit rien de plus que : « Viens me rejoindre au Banana Café, j'ai une surprise... » Moi, je reste habillé comme je suis, comme un nase. Je ne peux pas prévoir que je vais rencontrer mon idole. Quand j'arrive, je vois immédiatement Muriel Robin. Elle est sur la piste de danse avec Annie en train de s'amuser. Je m'approche du duo mais la comique me prend pour un gêneur et se met à protéger Annie de son corps !

Et moi, je reste là, idiot, empêtré dans une crise de timidité. Je me sens si gauche. Cette sensation, hélas, dure toute la soirée. La soirée que je passe est horrible. En rentrant, je reproche à Annie de ne pas m'avoir prévenu de la présence de Muriel, je lui dis que si j'avais su j'aurais fait un effort, je me serais mieux habillé et j'aurais pu profiter de son cadeau. Mais elle prend très mal mon commentaire. Elle s'énerve :

– Ah bon, donc j'ai fait une connerie, c'est ça, c'est bien ça ?

– Non, ce n'est pas ce que je voulais dire. Je suis très content de ta surprise mais tu aurais pu me prévenir qu'il fallait que je m'habille un minimum.

– J'en ai marre, chaque fois que je veux faire plaisir, ça foire !

– Ce n'est pas la question, si tu me l'avais dit avant, ça m'aurait aussi fait plaisir.

Et dans son emportement, Annie attrape tout ce qui se présente sur la table, scénarios, livres, dossiers, et balance tout rageusement. Une tornade, d'un coup, la totalité du bazar qui traîne sur le bureau vole au-dessus de ma tête. Je suis stupéfait. Je coupe court à son emportement par un : « Bon, ben moi, je m'en vais et je ne sais pas qui va ramasser tout ça. » Je le fais vraiment, je me casse. En bas de l'immeuble, je suis en train de monter sur ma moto quand mon téléphone sonne, c'est Annie. « Allô, oui, mon amour... bon, tu m'en veux ? » Je lui dis que non, bien sûr, qu'il faut qu'elle se calme et qu'elle dorme. Mais, ce doit être le petit côté obsessionnel qu'elle a déjà, elle me rappelle encore et encore pour me poser cette question qui l'angoisse et qui ne veut pas la lâcher. Annie veut être tout à fait certaine que je ne suis pas fâché, qu'elle peut dormir sereinement.

Elle rit, elle penche la tête en arrière, elle a un foulard vert qui dessine des serpentins dans le vent. Elle hurle : « J'aime la vie, j'aime le cinéma ! » Je suis en train de rêver et, dans mon rêve, je l'ai kidnappée. Je suis allé la chercher dans la maison de retraite avec des vêtements neufs. On a rigolé quand je suis entré dans la chambre. Et puis je l'ai aidée à se changer et, discrètement, on a taillé la route. On est super heureux, on va faire n'importe quoi, tout ce qu'on veut comme des gamins, comme des fous qui se sont échappés. On va bouffer, rire, raconter des histoires, se balader, se disputer. On va tout faire comme avant. Et on va aller voir la mer. C'est important pour moi, je suis breton quand même. On va aller voir le ciel aussi. C'est important pour Annie, qui le contemple dès qu'elle peut, en voiture, en avion. Annie ne voudra plus revenir, je comprendrai. D'ailleurs je ne la ramènerai pas, je n'en aurai pas le cœur.

– Dis, Léo...

– Oui, Annie ?

– Dis, tu m'abandonnes pas, hein ?

3

Notre rencontre

Annie s'est vite habituée à moi. La première fois, en 1995, j'étais son chauffeur. Une société de production avec laquelle j'avais l'habitude de travailler m'avait demandé ce service, emmener Annie Girardot à une interview. Avant ça, je l'avais croisée plusieurs fois, dont une fois sur le téléfilm de Bruno Gantillon *Le Dernier Voyage*, où je l'avais saluée, et je l'avais vue dans quelques films, mais je ne m'étais jamais particulièrement intéressé à elle. Je me rappelle nettement la petite bonne femme en imperméable que j'ai vue sortir de l'immeuble le jour où je suis allé la chercher. Je me rappelle son sourire et sa démarche énergique, sa silhouette mince dans son pantalon noir.

Dans la voiture, elle est directive, c'est elle le GPS. Je n'ai pas voix au chapitre. Elle a l'air de très bien connaître Paris et ne semble pas supporter la contradiction, alors je me soumets. « Tu prends la rue de Turenne, ensuite Bastille et la rue de la Roquette... » Jusque-là, tout va bien. Sauf qu'à un moment la rue est bouchée et nous sommes bloqués dans une voiture qui roule au pas. Elle me dit : « Prends à droite. » Je jette un coup d'œil à droite mais je ne vois qu'un sens interdit, alors je n'obtempère pas. Mme Girardot s'énerve : « Mais il est con, ce mec ? Je te dis de prendre à droite ! » Malgré la situation très stressante, j'essaie de garder mon calme. Je vois les bouchons, et puis l'horloge sur le tableau de bord, et puis Annie qui fulmine dans le rétroviseur. Je prends la rue d'après, à droite. Mauvaise pioche. Elle est encore plus embouteillée que la rue de la Roquette. C'est une catastrophe, nous allons être en retard, c'est sûr. Tandis qu'une inquiétude atroce me tord le ventre, je vois Annie sortir brutalement de la voiture et se mettre à engueuler les autres automobilistes. Elle hurle : « Tu vas avancer, espèce de connard ?! » Les passants et les commerçants, qui l'ont reconnue, n'en croient pas leurs yeux. Moi, je me recroqueville derrière le volant, absolument convaincu qu'elle est folle. J'ai honte mais il faut bien que je sorte la récupérer, que j'assume, que je l'amène à bon port et en bon état. Finalement, cinq minutes après son intervention bruyante, la rue se débloque. Ça avance, Annie sourit, je suis blanc, trop d'émotions.

Nous n'arrivons qu'avec cinq minutes de retard. Malgré le quasi-succès de ma mission, je crains qu'Annie se plaigne de moi, de mon absence de réaction au moment où elle m'a dit de tourner à droite dans le sens interdit. Je ne la connais pas encore, je ne peux pas savoir qu'elle n'est pas du genre à critiquer qui que ce soit dans son dos. Elle s'exprime et puis elle oublie. La rancune et l'hypocrisie lui sont étrangères. Par prudence, je prends les devants : en arrivant je parle à la production de l'épisode des embouteillages. Au moment de raccompagner Annie, je suis toujours troublé par un doute. Mais sur la route, elle est souriante ; mieux, elle me fait une proposition : « Et si on allait prendre une petite omelette ? » Surpris, je refuse, je ne suis pas disponible. « Tu n'es pas gentil, tu vas me laisser seule... » Elle essaie de m'attendrir alors qu'elle vient de me rencontrer. Mais je ne cède pas et la dépose au petit café rue de Turenne, à côté de chez elle, pour qu'elle mange son omelette aux champignons.

Je suis sincère, je n'ai pas franchement le temps, je suis forcé de cavaler pour gagner trois sous. Je fais quelques figurations muettes, parlantes, toujours mal payées. Dans l'ensemble, les cachets sont trop maigres et trop rares. Il me faut trouver des jobs d'appoint, essayer d'étoffer un peu mes revenus squelettiques. Comme la plupart des comédiens, je suis en quête d'heures d'intermittence et de petits boulots pour survivre. De la poissonnerie, secteur crustacés, à l'hôpital, rayon tortues (genre de monte-charge automatisé pour le linge), j'ai fait un peu de tout. Faut s'adapter, se dire qu'il n'y a pas de sot métier, que des sottes gens.

Je sais que je ne suis pas sot. J'arrive à tirer profit des expériences les plus minables, je fais mon miel de tout. J'arrive à me convaincre que ces petits boulots sont, par nature, provisoires. Je vais régulièrement en Bretagne voir mes parents, me ressourcer, reprendre l'énergie que me pompent toutes ces déviations de mon destin. Là-bas, chez moi, je respire le vent du large. Tant que j'avance, finalement, tant que je navigue...

Pour naviguer, ça, je navigue... Je ne reste jamais bien longtemps au même endroit, en quelque sorte, je nomadise. À peine installé, il me faut trouver un autre endroit pour dormir. Je vais de squat en squat, n'ayant pas d'argent pour payer un loyer. Cette fois, c'est au tour de ma copine Giulia Salvatori de me rendre service. Elle me propose un lit chez elle et je l'accepte de bon cœur. Cette invitation arrive peu de temps après ma première rencontre avec Annie Girardot, sa mère. Je fais aussi la connaissance des enfants de la maison, Lola et Renato. Ils me plaisent bien et je les adopte vite. J'aime particulièrement la franchise brute de l'adolescente qu'est Lola et le côté ténébreux de son petit frère. Je sais que Giulia est la fille d'Annie, mais ce lien familial, je ne l'ai jamais vraiment à l'esprit. Je ne les connecte pas, jusqu'à ce qu'Annie vienne dîner un soir. En fait, elle habite à cent mètres.

Quand je lui ouvre la porte, j'ai un mouvement de surprise. Elle aussi : « Ma fille est là ? » Elle ne semble pas avoir reconnu en moi son chauffeur d'un jour. Elle ne montre rien, elle paraît gênée par ma présence. Autant que moi par la sienne. Elle ne me parle pas, ne me regarde pas. Je la revois encore, tout de rouge vêtue. D'abord devant la télé, puis à table, bavardant avec ses petits-enfants. Je me revois, silencieux, en trop. Moi qui commençais à me sentir intégré ici, ce soir je me crois importun. Je regrette. J'aurais dû les laisser entre eux, j'aurais dû m'éclipser. Nous sommes autour de la belle table ronde en bois où sont dessinés les quatre points cardinaux. Je suis à l'ouest. Soudain, Annie se tourne vers moi et me dit : « Mais on se connaît ? » Je confirme en lui rappelant où nous nous sommes vus. À partir de cette question tardive, l'atmosphère se bonifie. Je me réchauffe plus ou moins. Giulia me demande même de raccompagner sa mère. Sur le chemin, elle prend ses informations : « Mais tu es le petit copain de ma fille ? » La réponse, négative, amène l'autre question, naturelle et directe, très directe : « Pourquoi t'es là, alors ? »

Ce soir-là, encore une fois, elle me lance une invitation. Pourquoi je ne monterais pas avec elle pour discuter ? C'est vrai, ça, pourquoi je ne monterais pas ? Je décline, encore une fois, l'invitation. J'en déduis qu'Annie n'aime pas être seule. Mais je ne la prends pas en pitié, je ne suis pas encore touché. Plutôt agacé. Ses questions indiscrètes et cette façon qu'elle a de me reprendre, de me corriger quand je parle. Quand je la laisse en bas de chez elle, je me dis qu'entre nous il n'y a pas d'atomes crochus, que je préfère sa fille. Cette distance, je l'interprète comme une inimitié définitive.

Après cette soirée, je ne cherche pas sa compagnie. Je la croise parfois et vais arroser les plantes chez elle lorsque Giulia me le demande. Et quand j'accomplis ma mission, j'entre à peine dans l'appartement. Je vais seulement de la cuisine au balcon, du balcon à la cuisine et de la cuisine à la porte. Mais, peu à peu, c'est dans la vie d'Annie que je pénètre. À l'usure, au charme, au rire, à l'habitude, elle m'adoucit, m'ensorcelle, m'attire à elle. Ses difficultés administratives justifient que je lui vienne en aide. Un homme, ça sait régler ce genre de choses. Le Trésor public est le premier ennemi duquel il faut protéger Annie. Le premier ennemi qui nous rapproche... Elle prend la mauvaise habitude de transférer sur moi tout ce qui l'emmerde. Et, enfin, elle officialise sa demande, elle parle. Elle me regarde et me dit : « J'aimerais bien que tu restes avec moi. » Une façon de reconnaître que le petit con qu'elle reprend sans cesse lui est indispensable.

Parce que, officieusement, je suis déjà dans mon rôle. J'ai endossé mon costume de bras droit. Je ne peux pas prévoir que je serais bientôt comme une vraie greffe de bras droit. Pour l'instant, je me contente de décharger Annie. Les papiers, le courrier, l'emploi du temps, les relations avec Artmédia, avec les producteurs... Je facilite le quotidien de l'actrice, qu'elle n'ait plus qu'à faire son métier, qu'elle n'ait plus qu'à être cette actrice exceptionnelle louée par les plus brillants réalisateurs.

Je connaissais Girardot, j'avais regardé quelques-uns de ses films. Mais je ne la reconnais que plus tard, à force de la côtoyer. Je comprends surtout ce qui fait d'elle une grande, de quoi elle est pétrie, ce dont elle est capable. C'est progressivement que je mesure l'ampleur d'Annie, sa lumière, sa force, et que j'en identifie la source. L'amour. Aimer. Le verbe d'Annie, celui qu'elle emploie le plus, le seul peut-être qui ait ce goût, suave, dans sa bouche. Un seul verbe pour toute une palette de sentiments. Il y a aimer d'amour, aimer d'amitié, aimer de passion, et puis toutes les autres amours, indicibles, tellement subtiles qu'elles ne trouvent pas de mots à leur taille. Annie laisse à son cœur la place qu'il occupe dans le corps humain. Chez Annie, il est la pompe, le centre de la machine, l'organe vital.

C'est le cœur qui l'a usée, qui l'a fait souffrir ; mais ne l'a pas tuée. Ça l'a seulement rendue plus vulnérable. Je le vois bien, l'entends bien. Elle a aimé des hommes. Elle a aimé son homme, Renato Salvatori, le père de sa fille ; elle répète : « J'ai toujours été veuve, je n'ai jamais divorcé. » De Renato, elle ne parle presque jamais – sa pudeur, sa blessure, son intimité. Elle a aimé d'autres hommes. Des gentils, des moins gentils. Mais même ceux-là, ça continue de m'étonner, elle ne les renie pas. Elle dit : « Untel, c'était un con, mais je l'aimais. » Elle prend tout de l'autre pour mieux se donner, corps et âme. Sauf que corps et âme, c'est trop. Elle ouvre des malles d'amour, des ravins de tendresse dans lesquels elle se précipite.

Son autre grand amour, c'est le public. Il la fait vibrer, il la fait pleurer, il la fait vivre. C'est pour lui qu'elle se livre dans tous ses rôles, qu'elle s'embellit, qu'elle s'enlaidit, qu'elle se déguise, qu'elle se révolte. Il n'y a que lui pour l'animer comme ça, pour lui donner ce sourire-là. Celui qu'elle a dans la voiture à Cannes, en 2005, alors qu'elle est invitée avec l'équipe du film de Michael Haneke, *Caché*. Alors qu'elle quitte le palais des Festivals, le public agglutiné derrière les barrières crie : « Annie ! Annie, on t'aime ! » Je suis là avec elle et je m'émerveille de cette hystérie chaleureuse. Annie répond à cette salve d'amour et, au mépris de son mal de dos, se hisse à l'extérieur de la limousine pour hurler à son tour : « Mais moi aussi, je vous aime ! » Une photo saisit ce court instant d'émotion intense. Je suis bouleversé. Je regarde Annie et je sens la puissance de sa déclaration. Quand elle vous dit : « Je t'aime », c'est comme une déflagration, vous pouvez tomber à la renverse. Annie est heureuse, dans son élément, dans le fluide de cet amour réciproque. Sur le trajet de la voiture, des fans se pressent aux portières. Les vitres, pour empêcher des bras inconnus de passer, sont à peine entrouvertes. L'actrice exige qu'on les ouvre parce qu'une jeune fille réclame en suppliant un autographe, mais le chauffeur, par sécurité, n'obéit pas. Elle s'énerve, elle commence à gueuler : « Ouvrez la fenêtre, bordel de merde, ouvrez la fenêtre ! Comment voulez-vous que je lui signe son truc ?! »

Sous la pression, le chauffeur s'exécute, mais le type de la sécu est sur ses gardes : il ne permet pas vraiment le contact avec tous ces gens qui courent après la limousine dans l'espoir d'apercevoir Annie, de lui parler, de la toucher...

4

La loi du silence

Annie et Léo sont en tête à tête, dans le salon, chez Annie.

ANNIE : Si j'apprends un jour que j'ai Alzheimer, je me jette par la fenêtre.

LÉO, *qui hausse les épaules* : ...

Au début, on a cru à des problèmes de vue. Quand Annie s'est mise à confondre son stylo et sa cigarette, on lui a fait faire des lunettes. Mais les bizarreries ont persisté.

Les premiers signes de la maladie sont apparus en 2000. La première véritable alerte a été un trou de mémoire. Elle qui, plus que tout et malgré tout, était Girardot la grande, la brillante, la professionnelle, avait, l'espace d'une seconde, oublié les dialogues de *Madame Marguerite* qu'elle venait de commencer à jouer. Elle avait répété pourtant, et déjà joué la pièce plusieurs fois. À l'époque, nous nous étions étonnés de ce passage à vide sur scène, mais sans plus.

Ça se reproduit, quelques semaines plus tard, alors qu'elle figure dans la pièce de Jean-Pierre Coffe, *Descente aux plaisirs*. Elle est victime d'une nouvelle absence. Je ne suis pas là pour le constater, au contraire de l'huissier qu'a fait venir la productrice du spectacle. Elle veut la virer, consciente de ses faiblesses. L'huissier déclarera qu'Annie est en pleine possession de ses moyens pour exercer son métier. Vu l'ambiance, nous préférons casser le contrat plutôt que de laisser Annie dans un environnement désagréable. Cette fois, je m'inquiète à juste titre.

Elle me semble étrange, Annie. Elle fait des trucs incongrus. Sur le tournage de *T'aime*, en plus d'être désagréable avec Framboise, elle commet des impairs. J'assiste, médusé, à une scène absurde. Nous sommes invités à la table de la mère de Patrick Sébastien. Elle a un restaurant et nous soigne tout particulièrement ce soir-là. Elle nous apporte une délicieuse côte de bœuf et, pour faire plaisir à Annie qui en est très friande, une omelette aux cèpes. À peine en a-t-elle avalé une bouchée qu'Annie lève la tête et interroge son hôtesse :

« Ben, ils sont où, les cèpes ? C'est pas des cèpes qu'il y a dedans, c'est des betteraves ! » La mère de Sébastien sourit, gênée, et contredit Annie : « Si, si, je vous assure, ce sont des cèpes. Je peux vous le dire parce que je suis allée les chercher moi-même dans les bois ! » Annie se tait mais je vois bien qu'elle n'en pense pas moins. Ce n'est pas normal, cette réaction. Je ne peux pas mettre ça sur le compte de l'excentricité.

Pendant toute l'année 2000, Annie montre un comportement anormal. Des oublis, de l'agressivité, et puis des obsessions. C'est ce qui m'alerte le plus. Une anecdote m'effraye vraiment. J'ai rendez-vous avec Annie au Théâtre de Dix-Heures, nous allons assister à un spectacle d'Alice Dona, la grande copine d'Annie. Je viens la chercher à la descente du taxi. En sortant, elle me dit avec un air contrarié : « Il a dû me prendre pour une pingre. » Je demande de qui elle parle. Elle répond : « Ben, le taxi, je n'avais qu'un billet de cinquante francs, je ne lui ai pas laissé de pourboire. » Je vérifie auprès du chauffeur, qui s'étonne : « Non, tout va bien, la course, c'était 38 francs, elle m'en a donné 50 ! » De fait, je peux rassurer Annie, lui dire de ne pas s'inquiéter. Nous entrons dans le théâtre, le directeur vient saluer la comédienne. D'autres copains arrivent, avec lesquels nous bavardons. Et je pars chercher une bière. Quand je reviens, Annie est en train de dire : « Vous vous rendez compte, il a dû me prendre pour une pingre... » Elle s'arrête net en me voyant approcher. Mais, plus tard, pendant le spectacle, elle recommence à voix très haute. Plusieurs fois. D'abord je lui dis de ne pas s'inquiéter. Ensuite, je lui demande ce qu'elle a. Enfin, je lui intime de se taire.

Nous buvons un verre après. Le spectacle est fini mais l'obsession est toujours là. Nous rentrons chez nous, chacun de son côté, et ça continue. Je suis sur ma moto quand je reçois un appel d'Annie qui me dit : « Tu te rends compte, il va me prendre pour une pingre, je n'ai pas donné de pourboire au taxi. » Ces redites me stressent, c'est épuisant.

– Annie, ça fait cinquante fois que tu me répètes la même chose, arrête ! Son pourboire, c'est de t'avoir eue dans son taxi.

– Tu crois ? Ah bon ? Je suis désolée de t'avoir dérangé, tu m'aimes quand même ?

– Mais oui, Annie, je t'aime.

– Ah bon, tu m'aimes, alors je peux aller faire dodo.

Je m'inquiète d'un tel blocage. Il durera trois mois. Une telle crainte de n'avoir pas été généreuse quand je ne la connais que généreuse. Étrange fixette qui disparaîtra pendant deux ans pour réapparaître sur papier calque. En 2001, parce que le cadre est le Théâtre de Dix-Heures, que le contexte est, encore une fois, un spectacle d'Alice Dona, l'obsession d'être pingre revient.

Annie cette fois a fait la mise en scène du spectacle et nous allons, bien sûr, à la première. Quand elle descend du taxi, elle semble contrariée. Et quand, un peu plus tard, je l'interroge sur sa mine sombre, elle me dit – et ça me tue – : « Le taxi, il a dû me prendre pour une pingre ! »...

J'ai beau m'inquiéter, je ne fais rien encore pour contrer l'adversaire. Je ne le connais pas, je ne fais que le sentir alors. Il me faudra du temps entre l'annonce du verdict et la conscience du verdict.

Il n'y a que les médecins pour oser prononcer le nom de la maladie. D'abord prudemment, ensuite nettement. La première fois pour Annie, c'est à Lyon, en 2001. Elle a repris son rôle fétiche dans *Madame Marguerite*, pour une tournée à travers toute la France sur laquelle elle est assistée par Éric, qui appartient à la production de la pièce. Je suis en liaison téléphonique constante avec lui, parce que je m'inquiète. Durant l'une de nos nombreuses conversations, Éric m'avoue qu'Annie a des comportements bizarres et que, sur scène, elle a des trous de mémoire. Elle ferait, selon lui, des fixettes sur des trucs, comme ses impôts, elle réclamerait du chocolat en permanence, et elle semblerait ne pas dormir. Un appel de Jean-Claude Auclair, le producteur, me convainc d'accepter qu'il lui fasse faire des examens à Lyon avec un professeur qu'il connaît.

À la vue du scanner, les médecins croient apercevoir la silhouette d'Alzheimer. Ils emploient les termes « suspicion », « présomption ». Mais quand même ils disent le mot. Plus tard, je me documente sur l'ennemie. Je comprendrai comment ils ont pu, la première fois, la reconnaître, avec sa couleur blanche spécifique, sa façon bien retorse d'entourer les neurones et de les détruire lentement. La mort blanche, maintenant, je connais sa gueule. Au premier examen, ce devait être flou sur le scanner, comme un nuage un peu trop lointain, qui ne menace pas encore.

Si j'ai le réflexe de la sous-estimer, il n'est pas question de la négliger. Il faut consulter, faire d'autres examens, pour valider ou pas l'hypothèse de Lyon. Je prends rendez-vous avec le Pr Anne-Sophie Rigaud à l'hôpital Broca dont j'ai cru comprendre qu'elle était le grand ponte. Je prévois d'y aller avant la consultation, avec Giulia, pour préparer le terrain. On la connaît, Annie. On sait qu'elle est susceptible de très mal réagir. Elle déteste qu'on lui parle de sa santé, qu'on lui pose des questions à ce sujet, qu'on planifie des entretiens chez le médecin. Alors on insiste. On demande au professeur de ne rien dire, de ne pas parler de maladie. On la prévient qu'Annie est fragile.

Comme je le supposais, Annie ne comprend pas pourquoi elle est à l'hôpital : « Mais pourquoi on est là ? Je ne suis pas malade ! » J'ai anticipé, alors j'ai ma réponse, vraisemblable. Je lui dis que c'est une question d'assurance : pour être prise dans les films, elle doit prouver qu'elle est en pleine forme. Seuls les médecins et les examens peuvent attester de son état de santé, son passeport pour tourner. Grâce à mon explication, Annie accepte d'entrer avec Giulia et moi dans le bureau du Pr Rigaud.

Après quelques minutes de courtoisies, le professeur pose une question directe : « Madame Girardot, votre fille et votre assistant m'ont dit que vous aviez quelques petits problèmes de mémoire ? » À l'intérieur, je bouillonne. Je me demande à quoi ont servi les conseils qu'on a, avec Giulia, pris la peine de donner quinze jours plus tôt. J'observe Annie et je redoute l'explosion. Qui survient. Elle s'énerve : « Non, mais ça ne va pas bien, je n'ai pas de problème de mémoire, qu'est-ce qu'elle raconte ? » Ça commence bien.

Le professeur nous fait sortir, Giulia et moi, dans le couloir, et nous nous asseyons sagement derrière les parois vitrées. Là, nous n'en perdons pas une miette, nous avons le son et l'image en ombres chinoises. On entend d'abord gueuler : « Non, mais ça va pas ? », puis on voit Annie bondir de son siège et hurler : « Qu'est-ce que c'est que ces conneries ? Je vous dis que je vais bien ! Je vais bien, vous entendez ? »

On se regarde avec Giulia et on sourit. Le Pr Rigaud, elle, ne sourit pas quand elle rouvre la porte. Elle nous invite à revenir et, une fois assise, donne son avis. Elle admet qu'Annie a bien quelques petits problèmes de mémoire. Mais Annie continue de se révolter, de ne pas accepter. À l'écoute du médecin, elle marmonne : « Mais qu'est-ce que c'est que ces conneries ?!! » Nous nous permettons avec Giulia de mentionner, pour parfaire le diagnostic, les difficultés à dormir. Annie le nie vivement : « Mais n'importe quoi, je n'ai pas de problèmes pour dormir ! » Sa réaction ne m'empêche pas d'insister et là, elle s'emporte vraiment : « Ils commencent vraiment à me faire chier, ils font tous chier ! » Dans ces cas-là, il n'y a rien à dire. Je la pratique assez pour savoir qu'elle se calmera aussi vite qu'elle est montée en tension.

Je sais aussi qu'elle ne peut pas entendre. Ce que le médecin dit, ce qu'on dit, Giulia et moi, ce qu'on dit tous, tous ceux qui sont assez proches pour constater les troubles. Ça y est, maintenant, on est au courant, on a le verdict. Mais on peine à reconnaître vraiment cette maladie qui n'est pas acceptable. Maintenant on sait, mais notre conscience sommeille à moitié. Ce n'est qu'à moitié réel.

Annie, elle, ne la reconnaît pas du tout cette maladie qui a commencé de la ronger. Elle l'oublie sans faire exprès, en faisant exprès. Dans la voiture qui nous ramène à son appartement, après la consultation, elle a oublié qu'elle avait vu un médecin. « Quel médecin ? Pourquoi j'aurais vu un médecin de toute façon, je ne suis pas malade. Je vais bien. » Comment lui faire admettre qu'il lui faut le soutien d'un psy quand elle rejette l'idée d'être malade ? C'est pourtant ce que le professeur nous a suggéré. Elle recommande même que l'entourage se fasse suivre aussi. Aucun d'entre nous n'écoutera son conseil, ni la patiente en plein déni, ni ceux qui vont partager son calvaire. Pas de temps, pas d'argent, pas besoin, croyait-on. Une erreur que je paie aujourd'hui.

Outre les soins psy, il nous est conseillé de faire travailler la tête d'Annie, en particulier la mémoire. Avec Valéra, à la maison, nous prenons l'habitude de faire des exercices avec Annie sans lui donner l'impression de travailler, sans qu'elle s'emporte avec des « laissez-moi, je vais bien », sans qu'on ait besoin de se déplacer ou de dire ce qu'on est en train de faire. Au cours de conversations, pendant le déjeuner par exemple, on sollicite Annie le plus possible, pour l'aider à fixer les choses, à les ancrer dans sa mémoire quand elles sont devenues flottantes. Les événements, les gens, les films, les dates, tout est à consolider dans ce cerveau qui s'efface un peu, cet écran qui blanchit. Il va falloir réécrire encore et encore sur les pages de cette pauvre tête que la maladie a commencé de gommer.

Annie n'est pas supposée savoir qu'elle est malade. D'autant qu'elle met, entre la vérité et elle, le refrain « je vais bien ». « Si j'apprends un jour que j'ai Alzheimer, je me jette par la fenêtre » : la phrase qu'elle prononce, alors que le verdict est là, le prouve. Je comprends autre chose dans cette menace, dans ce chantage. Je comprends qu'elle nous prévient, qu'elle nous implore de ne pas lui dire, de ne pas mettre le nom sur le mal. En fait, je le sens confusément, elle affirme l'impossibilité dans laquelle elle est de s'avouer malade, de s'avouer vaincue. Le dire, c'est accepter, le dire, c'est mourir. Ce jour-là, Annie a fermé un cadenas et en a jeté la clé dans le puits de l'oubli. Elle nous a imposé le silence, le tabou.

Personne ne dira rien de la maladie d'Annie. Ni à Annie ni à personne. Le secret, comme une chape de plomb, est tombé. Comme un destin scellé, avalé. Se taire, seul mot d'ordre. Faire mine de ne pas savoir en sachant. Se contrôler, ne rien laisser échapper. Faire comme si rien n'avait changé. Faire comme si Annie n'avait pas de problème, feindre de la croire quand elle dit « ne vous inquiétez pas, les enfants, je vais bien », ne pas pleurer quand elle s'absente, quand ses yeux ne disent plus rien que le grand chaos blanc dans lequel son cerveau marche. À vide.

5

Entourage

À partir de là, j'entame une nouvelle vie, construite, artificielle, tissée de mensonges. Car le secret engendre naturellement le mensonge. Ne pas dire qu'elle va mal m'oblige à dire qu'elle va bien. Moi, l'homme de confiance, je joue de la flûte. Un comble... J'endosse et je répète mon rôle. Le rôle que je vais être obligé de jouer longtemps, au péril de ma santé physique et mentale.

J'avais pris au sérieux le diagnostic des médecins, mais une part de moi n'admettait pas, n'intégrait pas la sentence. Bizarrement, je ne parviens à l'entendre que prononcée par Annie sur le mode de l'hypothèse. Qu'elle nomme la maladie, même en la réduisant à une virtualité, est pour moi la preuve tangible de son existence. Et le signal d'action. Enfin, c'est clair, Annie est malade, elle en a conscience mais ne veut pas en avoir conscience. Une fois ces paramètres établis, je peux bouger.

Ma première réaction est de prévenir les autres, ceux avec lesquels s'enfermer dans le secret. Les autres, ils sont deux. Ils forment avec moi le cercle de protection d'Annie. Ils seront maintenant avec moi les gardiens du secret. Il y a Valéra, mon ami, qui accompagne Annie dans son quotidien. Je me charge des relations avec la profession, tandis que Val a pour mission son bien-être. Au début, à peine arrivé en France de Biélorussie, Val, en attendant d'avoir des papiers, a fait quelques heures de ménage chez Annie. Mais les besoins sont devenus plus grands, je me suis rendu compte que je ne suffisais plus. Naturellement et progressivement, Valéra a pris sa place avec sa part de soins. Il se débrouille pour qu'Annie soit belle, bien habillée, bien maquillée, bien manucurée, bien coiffée. Il n'y connaissait rien au début, il n'avait pas suivi de formation d'esthétique-coiffure, mais pour Annie il a appris, et vite. Il surveille son apparence, lui tient compagnie, prend ses repas avec elle et vérifie sur les tournages qu'elle a tout ce qu'il lui faut. Il la bichonne, il est sa camériste, il est l'un de ses sourires.

Un autre sourire, c'est Anne. Elle est le troisième pied d'équilibre d'Annie. Indispensable maillon de l'organisation que j'ai essayé de mettre en place, Anne fait lire et répéter ses textes à Annie. Quand l'actrice a manifesté des pertes de mémoire sur scène, j'ai cherché une parade. Pas évident de trouver quelqu'un que l'actrice accepte, qui sache l'entraîner et la rassurer sur les tournages. Une première tentative, Mylène, je dois le confesser, a lamentablement échoué. Annie ne pouvait pas l'encadrer, elle martelait : « Dis-lui, s'il te plaît, que ce n'est pas la peine qu'elle revienne. » Dans la précipitation, j'avais fait le mauvais choix. Finalement, c'est Anne, une comédienne douce et intelligente, qui a beaucoup de tendresse et d'admiration pour Annie, qui nous seconde. Elle est sa doublure mémoire, son coach, sa voix dans l'oreillette pour lui souffler le texte s'il s'absente. Elle est surtout pour Annie, qui l'associe au fait de tourner, de travailler, une promesse de bonheur. À un moment, il m'a fallu informer Annie de la manière dont Anne allait l'aider. J'ai expliqué, peut-être trop :

– Elle te parlera dans une oreillette au cas où tu aurais une défaillance...

– Défaillance ? Quelle défaillance ? Je vais très

bien moi, c'est toi qui débloques ! Non mais ça va pas, de dire ça ?!

Nous sommes, Valéra, Anne et moi, soudés dans le secret partagé, ce secret dont la fonction est de faire tenir le silence. En niant la maladie, l'innommable, on ne réussit pas à l'éliminer vraiment. Elle est là avec son petit grelot clair qu'on entend de plus en plus souvent. On ne l'efface pas, on ne la dissout pas, impossible. Elle est même tout ce qu'il reste à la fin, quand tout s'est barré, volatilisé. Alors l'attelage que nous formons autour de la victime se trouve toujours sous tension. Si la maladie, en bougeant, faisait du bruit, ce serait une catastrophe. La décision du secret m'a plongé dans la crainte. Il s'agit d'éviter impérativement les situations qui mettraient Annie devant le miroir de sa maladie. Il faut empêcher qu'elle lise par hasard dans un regard qu'elle est malade. S'acharner à ce que le mal ne soit pas perceptible, à le masquer, à préserver et dorloter le secret.

Concrètement, ça veut dire que j'examine soigneusement chaque invitation qui est faite à l'actrice. J'ai l'impression de bosser dans les assurances, parfois. Je dois calculer les risques de chaque sortie, prévenir l'incident et organiser les déplacements. Le plus souvent je dis non aux interviews, parce que c'est trop dangereux. Je sais que je ne pourrais rien contrôler, on n'est pas à l'abri d'un dérapage, d'une réplique inappropriée, impertinente. Je crains la bombe, c'est-à-dire la question spontanée, inattendue, pas préparée. Je revois l'expression de la journaliste de Canal +, ébahie, triste, aux César en 2005. J'en frissonne encore. Elle a demandé à Annie Girardot si elle était contente d'être là. Mais Annie Girardot était perdue. Ses yeux, en suspens, n'exprimaient rien d'autre que l'absence. Elle a dit : « Ben oui, d'ailleurs, je ne sais pas ce que je fais là. Je ne sais pas où je suis. » Une question a suffi à ouvrir une béance dans laquelle Annie chutait. Mon cœur s'est serré.

Parfois, mon intuition me souffle d'accepter, que tout se passera bien, qu'il n'y a rien à craindre. Un an avant cet épisode malheureux, en 2004, Annie est invitée aux cinquante ans de Télé Monte-Carlo. Je le sens bien, je dis oui. Une fois à Monaco, l'animateur de la chaîne, Bernard Montiel, me fait part de son désir d'interviewer Annie. Comme elle paraît en forme, heureuse d'être là, en confiance, je me dis que peut-être, cette fois, c'est jouable. Je me fais envoyer les questions la veille et bûche sur les réponses. Le matin, je profite du petit déjeuner pour mettre Annie dans le bain. Je l'interroge très naturellement, sans la fatiguer. En fait, j'en profite pour sonder son état du jour et pour m'y adapter.

– Tu sais où on est, Annie ?

– Euh, non. On est où ?

– Nous sommes à Monaco.

– Je suis heureuse d'être à Monaco.

– Tu sais pourquoi on est venus ?

– Non, pourquoi on est là ?

– Pour les cinquante ans de TMC.

– Ah... Tu sais que Renato, il avait offert une voiture à Delon. Dis donc, est-ce qu'on va voir le prince ?

– Non, on ne va pas voir le prince. Tu te rappelles Monaco, tout ce que tu as fait ?

– Je crois que j'ai tourné un film ici.

– C'est vrai.

– Me souviens plus...

– Réfléchis.

Elle réfléchit, elle se concentre, elle essaie d'ouvrir le bon tiroir pour en sortir l'information pertinente. On voit bien qu'elle n'a pas confiance en elle, elle redoute un peu de se tromper. On voit qu'elle se dit : « Ne pas répondre à côté, ne pas fâcher Léo parce qu'il est gentil, Léo. » Ce matin, je suis content parce qu'elle est avec moi, elle est présente, elle est à ce que nous faisons. Elle réagit à mes sollicitations. Elle peut, selon moi, faire l'interview. J'ai raison, elle peut. Un instant de grâce peut-être, l'entretien se déroule sans heurts, sans panique. On dirait bien que l'air de Monaco réussit à Annie.

6

Enfermée dehors

Je dors. Mon rêve est très bizarre. Plein de femmes, Giulia, Anne, Lola... Et puis Annie, la clope au bec, qui rit très fort. Et puis un homme, invisible, au milieu. Je le vois parce qu'elles ont l'air de le regarder et se marrent en le regardant. C'est moi, l'homme au milieu, invisible, et elles paraissent se moquer de moi. Cet éclat de rire collectif est assourdissant, presque méchant à mes oreilles. J'entends Annie dire : « On t'a bien eu, hein ? » Elle ricane à nouveau et les autres femmes reprennent en chœur : « On s'est bien foutu de ta gueule, Léo ? » C'est quoi, cette mascarade ? De quoi elle parlent ? « Ouais, on s'est foutu de toi, je ne suis pas malade ! » Moi, je me vois tomber à genoux et pleurer. Quand je relève la tête, je suis dans la chambre d'Annie, où la télé est allumée et diffuse l'émission du matin avec William Leymergie. Celui-ci me parle, il me dit : « Tu vois, Léo, moi, je savais que c'était une arnaque, je n'ai pas voulu cautionner ça et… »

En sursaut, je me réveille avec un goût amer dans la bouche et cette dernière image de William qui s'adresse à moi. N'importe quoi. En même temps… c'était le présentateur favori d'Annie, Leymergie. Elle le regardait en disant : « Qu'est-ce qu'il est beau, cet homme-là ! » Elle avait l'habitude de se réveiller avec lui et l'admirait sans le connaître. C'est ce qui l'a troublée le jour où elle s'est retrouvée sur une scène avec lui pour répéter la présentation des César. Elle avait des sketches à jouer avec lui. J'avais accepté, connaissant son amour pour le bonhomme. Mais la production avait refusé d'employer Anne pour aider Annie avec son texte.

William et elle sont tous les deux sur scène. Elle est béate, lui est surpris. En fait, elle ne comprend pas ce que son William de la télé fait là, à côté d'elle, pour de vrai. Il ne comprend pas pourquoi elle ne veut pas lui donner la réplique. Elle ne comprend pas ce qu'on lui demande de faire, il ne comprend pas qu'elle ne peut pas le faire. Ils essaient plusieurs fois, mais Annie est de plus en plus pétrifiée. Ils arrêtent. Et quand Leymergie m'explique qu'ils ont tout ce qu'il faut, je ne suis pas dupe. Ils n'ont rien. Ils ne passeront rien. Annie sera virée du montage.

C'est dur de garder un secret. Ça me pèse. C'est de plus en plus dur de ne rien dire. D'autant qu'il est compliqué de soulager mon mutisme avec mes deux compères, les autres éléments du cordon de protection. Le fonctionnement en relais sur les tournages et dans la vie nous empêche de nous réunir et de nous libérer de la charge qui nous asphyxie. Enfermé dans le secret médical, j'étouffe. D'ailleurs, j'associe la situation que je vis avec Anne et Valéra à une prison. Je sens qu'on s'est enfermé dans un silence longue durée, obligatoire mais probablement dangereux. Confusément, je soupçonne le péril, le risque qu'il y a pour nous et pour elle de se taire. Comme un secret de famille, enterré dans un jardin où les mauvaises herbes poussent inexorablement, la maladie d'Annie diffuse son poison.

À la prison de la Santé, au début de la maladie, en 1999. Cette nuit-là, je me fais la remarque que notre aliénation ressemble à ces murs sombres. Mais cette fois-ci, je ne suis pas triste car la situation est cocasse. C'est une crise d'arthrose qui nous a amenés là. Le rapport ? Étant donné l'heure tardive, je n'ai pas trouvé d'autre solution. J'ai un pote médecin, Paulo, que j'ai appelé et qui a accepté de recevoir Annie en urgence. Il m'a expliqué, en revanche, qu'il n'était pas à son cabinet mais à la Santé, où il officiait. J'ai dû l'expliquer à Annie, qui a ouvert les yeux comme des soucoupes et m'a fait répéter deux fois que c'était bien de la prison dont je parlais. À moitié sérieuse, elle a lancé : « Mais ils vont me garder ! »

À l'extérieur, les miradors sont imposants et, à l'intérieur, c'est le bruit des lourdes portes et des pas sonores qui me fait froid dans le dos. Je donne ma carte d'identité à l'entrée et propose celle d'Annie. Mais le policier sourit : « Non, pour madame, ce n'est pas la peine. » C'est drôle parce qu'elle avait précisément voulu jouer *Madame Marguerite* devant des détenus. Malheureusement, ça n'avait pas été possible. Les prisonniers de la Santé, eux, ont dû avoir vent de la présence de l'actrice dans leurs murs parce qu'ils tapent contre les barreaux de leurs cellules. Je souris, chaviré par ce nouveau témoignage d'amour ; elle aussi. Finalement, elle est comme eux, captive d'une prison en construction qui ne s'appelle pas Santé mais Alzheimer.

Le secret absolu a trop duré, quatre ans, il faut le percer même si ce n'est qu'un minuscule trou d'aiguille. Ça ne se prémédite pas, ça vient comme ça. Il suffit qu'on le sente, que l'occasion soit là, que l'interlocuteur soit le bon. Ça peut sortir n'importe comment aussi, à force d'avoir été tenu à bout de langue. Mais c'est trop grave, trop présent. J'en ai marre, je suis hanté, habité par le secret. Je voudrais me désenvoûter un peu.

Quand je me lève ce matin de janvier 2005, je ne me doute pas qu'à la fin de la journée quelqu'un, en dehors de nous, saura. J'ai seulement prévu d'accompagner Annie à la première du spectacle *Au secours !* de sa copine Muriel Robin. Annie se réjouit pendant tout le trajet d'aller à cette première. Quand nous arrivons au Grand Rex, je ne suis pas rassuré. Ce soir, tout le métier est là et pourrait assister à un faux pas et répandre la rumeur. Je m'imagine le pire : Annie pourrait ne pas reconnaître quelqu'un, tomber dans l'escalier, dire une grosse connerie, s'absenter comme elle le fait de plus en plus souvent. Homme à tout faire, je suis aussi celui qui vérifie tout. À cause de ça, j'ai contracté une sorte d'obsession de la liste. Je passe mon temps à énumérer mentalement les dangers, les médicaments, les gens et à faire, à côté, des croix.

Le spectacle a commencé, nous sommes assis dans le noir et regardons Muriel Robin se glisser habilement dans la peau d'une multitude de personnages. Au bout de quelques minutes, Annie me dit tout fort :

– J'comprends rien.

– Comment ça, tu comprends rien ? lui chuchoté-je.

– Non, j'comprends rien, ils sont combien ?

– Ils sont combien ?

– Ben ouais, là, sur scène, ils sont combien ?

– Ils ne sont pas combien, elle est toute seule. Ce sont des personnages.

Le talent de Muriel Robin ne facilite pas la vie d'Annie. La magie opère, elle y croit à ces personnages inventés par l'artiste, comme une enfant qui prendrait tout pour argent comptant. Mais elle n'est pas émerveillée comme le serait une enfant, elle est angoissée. Elle perçoit qu'il y a comme un truc là-dedans, un truc qu'elle ne comprend pas. Pour elle, il n'y a plus de corps, que des voix successives, différentes. Dans l'obscurité, Annie se tait. Non pas que ma réponse ait suffi, mais elle n'ose pas trop insister. Elle se concentre pour essayer de comprendre.

Troublante séquence où le faux devient vrai, où le virtuel finit par exister. Le moment le plus étrange, le plus marquant aussi pour moi, est l'arrivée d'un nouveau protagoniste, mort dans la vie réelle. C'est la mère de Muriel. Une présence fantomatique qui me saisit. Le spectre, guidé par la voix de la comédienne, monte sur scène et entame avec sa fille une conversation surnaturelle. Les phrases qui s'échangent, les blagues faites par Muriel sur les pertes de mémoire et de repère de sa maman, je les comprends. La mère de Muriel avait la maladie d'Annie. Je suis choqué de la voir s'incarner sans corps, cette maladie. Comme si c'était l'essence de la maladie qui était là, son abstraction absolue. C'est à ce moment-là que je décide que je parlerai à Muriel. À elle, je peux le dire, elle comprendra. Je vais ouvrir la boîte dans laquelle nous avons plié le secret en dix. Un origami de monstre domestiqué. Comment lui dire, avec quels mots ? J'y réfléchis, je redoute de lui dire mais je suis mû par une impulsion. Annie me perturbe dans mes résolutions intérieures, parce que, encore une fois, elle a perdu le fil :

– Elle parle à qui ?
– À sa maman.
– Mais elle est où, sa maman ?
– Elle n'est pas là.
– Mais elle est où alors ?

– Ben...

Je suis préoccupé par la décision que je viens de prendre. Ça me soulage et me pèse en même temps. Je n'en reviens pas des correspondances que j'ai vues se tisser ce soir. La question d'Annie me laisse bête parce que ma tête est ailleurs et parce que la réponse précise, « elle est morte, sa maman, mais Muriel la ressuscite provisoirement, le temps de son spectacle », je ne la trouve pas sur le moment. Et puis, de toute façon, Annie ne la comprendrait pas. Quand les réponses sont trop tranchantes, ses oreilles ne les transmettent pas au cerveau. Me vient donc une réponse beaucoup plus brumeuse :

– En fait, tu vois, il n'y a personne sur scène, les personnages, c'est Muriel qui les joue, c'est du faux...

Ça demeure opaque pour Annie, je le lis dans ses yeux. Et, comme chaque fois qu'elle est perdue et qu'elle renonce à retrouver son chemin, elle conclut par un : « C'est bien... je t'aime. »

Quand, plus tard dans la soirée, je remarque que Muriel s'est assise à côté d'Annie, j'espère, un peu par lâcheté, un peu par timidité, qu'il n'y aura rien à avouer, que Muriel devinera toute seule. Mais non. Il y a plein de people ce soir, plein d'amis de Muriel qui sont venus la voir et l'encourager. Ils ont l'air heureux, ils rient bruyamment. Dans ce climat joyeux, je me fais l'effet d'être un triste sire, un messager tout de noir vêtu, très corbeau, qui s'apprête à tout détruire. Je vais bientôt saper le moral de la reine de la soirée. Ça ne se fait pas. Mais je vais le faire. Tant pis, je vais imposer la tristesse, grossière, et la vérité, lugubre. J'attends juste l'occasion.

En patientant, je macère sur ma chaise. Je commence à étouffer, il y a trop de monde ici. Pourtant, je me sens seul, isolé avec mon secret en bandoulière. J'ai besoin de respirer, je me lève et vais vers le bar pour aller me fumer une clope avec un verre. Pour me reposer un peu, avant d'agir. Annie demande beaucoup d'attention. Nerveusement, c'est dur. À force, je ne m'occupe plus de moi parce que je n'en ai plus le temps ni la méthode. J'appelle Valéra et évoque mon projet de dévoiler un peu le mystère de la fatigue d'Annie. Il ne dit rien. Ensuite, c'est à Giulia que je téléphone pour avoir son opinion. Elle me répond par une question : « Tu penses que c'est bien ? »

Justement, c'est ça le problème, je n'en sais rien, si c'est bien ou pas. Je suis partagé entre mon intuition et mon doute. Et les coups de fil à Valéra et Giulia n'arrangent pas mon dilemme. J'en suis là quand le sort m'envoie Muriel Robin. Puisqu'elle vient à moi, je n'ai plus à tergiverser. Elle est à côté de moi maintenant. Elle a un verre, elle aussi, et une cigarette au bec. Elle va me parler d'Annie, de quoi d'autre ? Sur un ton posé :

– Dis-moi, comment elle va, Annie ?

– Pour l'instant, ça va... Nous n'en sommes pas encore au stade où elle ne nous reconnaît plus... mais ça va.

C'est comme ça que je l'ai lâché. L'aveu de la maladie par celui d'un de ses symptômes. Une manière de la rabaisser toujours, cette saleté de maladie, de la taire, la démembrer, la réduire, l'enterrer, la claquer dès que possible, dès qu'elle ramène sa fraise.

Muriel s'est figée, elle me regarde, bouche bée.

– Oh non !!! Merde, merde... C'est Alzheimer, c'est ça ?

Il n'y a pas à confirmer, ni par une phrase ni par un hochement de tête, il n'y a rien à faire, à part la regarder pleurer et l'entendre me dire : « Léo, appelle-moi, parlons-en, si je peux faire quoi que ce soit, n'hésite pas. » Je dois l'avouer, je suis soulagé. Une poche d'air crevée, un délestage partiel mais libératoire. Je me sens aussi un peu coupable... Je ne suis pas très à l'aise avec ce que je suis : le pourfendeur de bonne soirée, le facteur dépressif, celui qui vient de hacher le cœur de Muriel. Ce soir, les autres l'ont félicitée pour sa superbe prestation, moi, je l'ai fait pleurer. Pas très brillant, tout ça... Après ce moment vérité, intense, avec Muriel, on retourne à la table. Les larmes aux yeux, elle va embrasser Annie et la serrer dans ses bras. Je suis bouleversé, c'est à mon tour de pleurer, discrètement.

Plus tard, je me félicite d'avoir confié le secret à Muriel. Présente, serviable, elle est là, derrière, au cas où. Et puis, Muriel garde pour elle cette information d'autant plus douloureuse qu'elle fait écho à la mort de sa mère.

Depuis longtemps, ceux qui savent se taisent. Mais la rumeur est là, qui enfle, au même rythme que la maladie. Le silence n'empêche pas les signes de fatigue, chroniques. Ce sont eux qui ont vendu la mèche. On dit qu'elle est malade, sans savoir de quelle maladie il s'agit. De plus en plus de gens le disent et je ne peux pas tous les gifler. Je l'ai fait une fois, à table, à un festival, en entendant : « Elle débloque, la Girardot, je ne comprends rien à ce qu'elle dit ! Faut qu'elle arrête de boire ! » La tête du mec a volé sous la pression de ma main. Je ne supporte pas. Et cette rumeur qui croît, se nourrissant de notre silence, me dégoûte. Je ne sais qu'en faire, comment lui barrer la route, la résorber. Au fond, il est clair pour moi que je ne l'arrêterai plus maintenant.

7

Action !

ANNIE : Tu sais, Léo...
LÉO : Oui, Annie ?
ANNIE : Lelouch, il m'a sauvé la vie...

La première fois, ça m'a frappé, qu'Annie dise ça. Spontanément, j'ai pensé qu'elle exagérait par amour, que c'était sa façon à elle de souligner l'importance de Lelouch dans sa vie. Plus tard, j'ai su qu'elle était sincère, qu'elle considérait vraiment le réalisateur comme son bon ange, celui qui l'avait ramenée vers la vie parce qu'il l'avait ramenée vers le cinéma. Elle n'existait plus et puis, soudain, il l'avait fait réapparaître dans un rôle si proche d'elle, de ses douleurs, qu'elle en avait crevé l'écran et gagné un César. Enfin, elle ne se sentait plus « tout à fait morte ». C'était en 1996, pour *Les Misérables*.

La misère, Annie pouvait la jouer. Ses besoins vitaux n'avaient pas toujours été comblés. Elle me parlait souvent de la guerre et de ses privations matérielles. Mais c'est d'amour surtout qu'elle avait manqué. On l'avait aimée, mais c'était autrefois. Et puis parfois ceux qui l'avaient aimée l'avaient mal aimée, ils l'avaient brutalisée, intoxiquée, ignorée, abandonnée. Je l'avais appris, tout cela, mais d'autres bouches que la sienne, témoins d'époques troubles. Annie taisait le mal pour ne pas lui offrir la consistance des mots. Annie les oubliait, ces marques qu'on lui avait faites, pour les avoir pardonnées mille fois.

On l'avait désirée, mais c'était autrefois. Elle me disait toujours : « De toute façon, je suis moche. » Je lui répondais que non, je lui expliquais que le problème venait de sa notoriété, de la peur qu'elle suscitait, elle, le « monstre sacré ». Je voyais bien qu'elle ne le croyait pas et qu'avec l'âge elle avait admis ne plus être celle dont on a envie. Il avait même fallu qu'elle se résigne, qu'elle accepte qu'on l'efface.

« Je ne sais pas si j'ai manqué au cinéma français, mais à moi le cinéma français a manqué, follement, éperdument, douloureusement », hoquette-t-elle ce jour-là aux César, ce jour de retour, ce jour de salut. Du fond de sa blessure, elle espérait toujours que le désir ressuscite. Celui des réalisateurs, celui du public, celui des hommes. Sa voix s'étrangle mais elle est là, avec son timbre si spécial de rochers qui dévalent un fleuve d'émotion. Je donnerais tout pour l'entendre encore, autre part que dans les baffles de la télé, dans la vie, dans ma vie à moi, démantibulée. Laissée, perdue sans son fil qui la liait au cinéma, à la vie, Annie a tangué. Comme un avant-goût d'aujourd'hui, comme une menace dégueulasse, un truc dont on avait si peur qu'on était bien obligé de tomber dedans. Trempée dans l'oubli avant de s'y noyer. Un injuste retour des choses. Annie en berne.

Lelouch lui avait en effet sauvé la vie, provisoirement. On ne sauve que provisoirement la vie de quelqu'un, à moins d'avoir trouvé un remède à la mortalité. C'était reparti, l'actrice avait recommencé à tourner. Hors de question que ça s'arrête à nouveau. Tout sauf ça, tout sauf le téléphone qui comate et la boîte aux lettres qui résonne dans le vide de scénarios.

Lelouch a fait beaucoup hier, il fait beaucoup aujourd'hui. À Valenciennes, en 2006, à un festival de cinéma, il ne pouvait pas être présent, alors j'ai eu l'idée qu'il enregistre un message filmé pour Annie qui devait recevoir un prix. Il a accepté. Je n'ai pas eu le temps de visionner la bande.

Nous sommes près de la scène, assis confortablement, et je suis impatient de découvrir l'hommage de Lelouch. Quand finalement il est diffusé, je suis ému. Il parle, il lui parle, pendant cinq minutes. Il lui dit son amour et lui avoue qu'elle est son actrice préférée. C'est le témoignage le plus dithyrambique que j'aie jamais entendu.

Tout le monde est bouleversé en l'entendant. Annie maintenant monte sur scène, difficilement, recevoir son prix des mains de Catherine Jacob. Elle est en larmes. Elle est si chavirée qu'il est difficile pour elle de redescendre les marches. Je m'inquiète de la présence des photographes au bas de la scène, prêts à capter un instant de faiblesse. Mais quand ils la voient si fragile, si émue, si maladroite, ils s'inclinent en posant collectivement leurs appareils photo et se mettent à applaudir. Chamboulé par tant d'amour donné, je m'effondre en larmes à mon tour.

Préserver Girardot l'actrice pour qu'Annie survive, telle est ma mission à tout prix. Jouer la comédie pour qu'elle continue à jouer la comédie. Annie est malade, mais elle ne doit pas empêcher Girardot de tourner. À cause du secret, il faut mentir. Pour éviter d'avoir à dire, on ne reste jamais longtemps. Autrement, on doit justifier. Pourquoi Annie est si bizarre, pourquoi elle répète les mêmes trucs, pourquoi elle fait des phrases incompréhensibles. Pourquoi ? Question à laquelle je dois répondre en permanence. J'anticipe, et quand je repère une interrogation ou un doute sur un visage, je dis : « Elle est un peu fatiguée, Annie, en ce moment. » Le problème est la longueur du moment. La vieillesse peut-être, l'état de fatigue permanent ?

Annie est obligée d'aller bien, d'être apte pour que Girardot tourne. Les enjeux financiers des films sont tels qu'aucun risque ne doit être pris. C'est comme ça, c'est la loi des gros sous, la loi des assurances. Certaines réserves sont donc émises au sujet d'Annie, à un moment, quand il s'agit en 2005 de tourner dans *Le Temps des porte-plumes* de Daniel Duval. Le bon médecin de la profession, celui qui connaît Annie, M. Zucarelli, est en congé. Sa remplaçante décide qu'Annie n'est pas apte à tourner.

Quand j'apprends ça, je suis fou de rage. Je mesure parfaitement l'impact d'une telle décision, je me représente minutieusement les dégâts. Alors j'agis. Et dans ces cas-là, je ne fais pas dans la demi-mesure. Je parviens à les joindre et les engueule vertement : « Il est hors de question que vous la mettiez à part, il faut lui donner cette foutue autorisation ! » Et quand je m'entends répondre qu'Annie semble inapte, qu'elle dit n'importe quoi, je me fâche vraiment : « Pouvez-vous m'expliquer en quoi ça l'empêche de tourner, ça ? » La discussion est âpre, je ne lâche pas. Après m'être engueulé avec Artmédia, avec la remplaçante du médecin, j'ai l'assistante qui me confie que le Dr Zucarelli sera là le lendemain matin. C'est comme ça que j'arrive à m'entretenir avec lui.

– Bon, votre remplaçante a refusé. C'est une catastrophe ! C'est Annie Girardot quand même, devant une caméra, elle est là, elle est présente !

– Ne t'inquiète pas, Léo. Ça fait tellement d'années que je la connais, je sais comment elle est. Je sais qu'elle est capable de te demander l'heure dix fois comme de te dire que tout va bien alors que ça ne va pas. Je te donne l'autorisation, Léo.

Quand je dis « devant une caméra, elle est là », je ne mens pas. Comme si Annie oubliait d'être malade en étant Girardot. Bizarre mutation, étrange contrôle de la maladie par le jeu. La maladie paraît régresser, se retirer pudiquement devant le talent de sa victime. Anne est là bien sûr, qui l'aide à dire le texte. Mais l'âme ? Elle vient de cette transcendance qui s'impose quand Annie Girardot fait son métier, de cette schizophrénie contrôlée par laquelle elle quitte Annie pour se réincarner ailleurs ; là mais ailleurs, dans un personnage. Ce processus miraculeux me fascine. Et je suis toujours plus admiratif de la force que je constate chez Nannie. En 2002 par exemple, alors qu'elle vient de faire un ulcère, elle se rend aux Molières le soir même de sa sortie de l'hôpital. Elle est nommée pour le prix de la meilleure comédienne et elle tient absolument à être présente. Elle est époustouflante. Je suis la soirée à la télé depuis chez Guilia avec Lola et Renato. C'est Alain Delon qui lui remet sa récompense. Annie, qui adore l'homme et respecte l'acteur, est rayonnante. Elle sourit, elle est heureuse. Je suis heureux. Mais triste. Tous mes bonheurs sont à la fois renforcés et pollués par l'ombre de la maladie. Cet épisode de 2002 me frappe tant il me démontre la force dont Annie est capable en étant si profondément Girardot.

En dehors du plateau, l'illusion continue mais le prodige cesse. Je me fais l'effet d'être le moteur de la machinerie qui maintient l'illusion et permet le prodige. Chaque film nécessite une préparation lourde, une négociation ardue, une concentration aiguë. Il faut préparer Annie, lentement, doucement. Il faut préparer les autres autour, la production, les réalisateurs. Il faut résoudre les problèmes sans en dévoiler la cause, parfois même les résoudre avant qu'ils se manifestent. Et plus la cause, la maladie, avance, plus les préparatifs sont longs, plus chaque film prend de temps et d'énergie.

Annie ne peut plus lire les scénarios et les comprendre dans leur totalité. Mais elle peut toujours les aimer ou pas, aimer le réalisateur ou pas, dire oui ou non. Quand je lui raconte l'histoire que Jane Birkin lui a envoyée, Annie dit oui, immédiatement, sans attendre. Un oui comme un cri. Je sais qu'Annie a connu Serge Gainsbourg et qu'elle adore Jane. Mais je crains qu'Annie dise oui pour tourner, pour survivre, oui à tout et n'importe quoi. Là, la production m'a prévenu, il s'agit d'un petit rôle, et ingrat avec ça : elle doit jouer une clocharde, Joséphine. Mais Annie s'en fout bien, elle qui est prête à s'enlaidir, à souffrir, de jouer une marginale. Ça lui ferait presque plaisir, d'être du côté des malheureux.

Je dis oui pour Annie et pour moi aussi. Cette clocharde existe dans la vie réelle, je l'ai connue.

Quand je suis arrivé à Paris, j'habitais rue Francisque-Sarcey, dans le XVIe, avec Image, ma chienne, dans un six mètres carrés. Jane habitait non loin, dans le quartier de Joséphine, la vieille SDF tout en reliefs. Étrange et émouvant pour moi de la retrouver dans une fiction, dans le corps de ma Nannie. J'invite Jane à rencontrer Annie chez elle. Je sens Jane réservée, presque gênée de venir chez Annie, dans son intimité. Avant son arrivée, je discute avec Annie, lui rappelle ce pour quoi Jane vient.

Elles sont heureuses de se voir, elles sont jolies à regarder toutes les deux, ça me donne le sourire. Je les laisse bavarder, je suis en confiance, je ne crains pas qu'Annie dérape, laisse échapper une incongruité, une question étrange ou une remarque déplacée. Quand Annie est entourée comme aujourd'hui, quand elle aime ceux qui sont là, les risques de sortie de route diminuent. Je laisse quand même traîner une oreille et j'entends Jane, avec son accent qui la caractérise et cette douceur pudique, dire à Annie : « Je ne sais pas si ça va te plaire, tu sais, je veux que tu joues le rôle du clochard. » L'actrice rigole, répond vivement : « Mais non, au contraire, et puis, tout ce que tu veux ! » C'est vrai, Jane pourrait lui demander n'importe quoi. Elle est comme ça, Annie. C'est son cœur qui répond le premier, sans penser, sans compter.

Le deuxième rendez-vous, pour préparer le tournage, se passe aussi très bien, presque aussi bien. Encore une fois, j'ai rappelé à Annie sur le chemin où nous allons et pourquoi, ce qui va se passer. Les informations, je les distille, les donne au compte-gouttes. Elle ne peut pas tout retenir, alors je préfère consolider dans sa mémoire l'information essentielle, ne pas la polluer avec des détails. Elle est dans le présent maintenant, Annie. Se projeter, se rappeler dans le bon ordre, elle n'en est plus capable.

Nous avons rendez-vous dans un bel hôtel où j'ai arrangé le coup. Jane parle de son rôle à Annie. Tout va bien et puis, à un moment :

– Vraiment, Annie, je suis contente de savoir que c'est toi qui vas faire Joséphine...

– Joséphine ? Joséphine quoi ? Joséphine Baker ?

Jane est surprise de cette question, mais elle ne s'inquiète pas. Annie vient d'avoir une absence et il n'est pas possible cette fois de faire passer la question pour de l'humour. Jane ne sait pas qu'Annie Girardot tourne déjà dans sa propre fiction, qu'elle y joue le rôle d'une actrice en bonne santé. Ce jour-là, je suis convaincu que certains ont l'intuition qu'Annie est malade mais qu'ils préfèrent croire au mirage offert, adhérer à la fiction vitale.

8

Tourner, à tout prix

Cette vague d'amour, moi, je me baigne dedans. À chaque louange, à chaque étreinte, je reçois un peu de cette chaleur. Outre que le bonheur d'Annie fait le mien, je suis tellement fier. J'ai conscience d'épauler une immense actrice, mais je ne le ressens pleinement que quand c'est dit d'une manière ou d'une autre, dans la bouche du public ou dans celle de la profession. Parfois, ce sont des comédiennes qui ont un beau compliment pour Annie. « Je vous aime, Annie, vous êtes pour moi la plus grande actrice du monde ! » Cette phrase de Sandrine Bonnaire, à la sortie du théâtre du Châtelet où les César viennent de se dérouler, m'émeut profondément. Cette reconnaissance avouée, cette humilité de grande pour une autre grande me vont droit à l'âme. Alors, quand j'entreprends quelques mois plus tard d'organiser l'anniversaire d'Annie, je tiens à ce que Sandrine Bonnaire soit présente.

Cette année-là, nous sommes en 2006, l'anniversaire d'Annie compte. En fait, il est double. Elle a soixante-quinze ans et sa carrière en a cinquante. Et puis, la maladie est là depuis six ans déjà, qui joue la montre. L'année prochaine, il sera peut-être trop tard. Pendant des semaines, je cherche un lieu, des appuis, un financement. J'obtiens des soutiens, de la bienveillance, mais pas d'argent. Alors, quand les Russes proposent de prendre en charge la fête et de l'organiser dans leur pays, je suis d'accord. Valéra, qui est biélorusse, m'a appelé de là-bas pour me dire que tout est OK, qu'ils acceptent de faire venir la famille d'Annie et ses amis proches. En Russie, on connaît bien Annie Girardot et on l'adore. Elle, elle dit souvent : « La Russie, c'est ma deuxième patrie. » Comme les films comiques étaient les seuls à passer le rideau de fer à l'époque de la guerre froide, les écrans russes projetaient des longs-métrages avec de Funès, Bourvil ou Girardot. Au cours de discussions avec Valéra, j'ai appris que, chez lui, les stars sont prises en charge par l'État. Et comme la Russie a adopté Annie, d'une certaine manière elle profite de ce traitement au même titre qu'une artiste locale.

Tous les proches seront à Moscou, Sandrine Bonnaire aussi. Mais celui dont Annie ne sait pas qu'il sera là, c'est Valeri Akhadov, le réalisateur qu'elle a si souvent évoqué devant moi. Elle a tourné pour lui dans un téléfilm en huit épisodes intitulé *Une femme libre*. Il est prévu qu'il arrive le soir de la fête d'anniversaire et qu'il fasse un discours. En attendant, nous sommes accueillis comme des princes dans un grand hôtel à côté de la place Rouge où Annie occupe une suite immense. Des essaims de journalistes se sont déplacés et une grande soirée de gala a été concoctée par les Russes.

Des musiciens et des danseurs se succèdent sur scène et c'est au tour d'Akhadov d'apparaître. Annie le reconnaît instantanément, elle éclate de rire. Il fait son éloge avant de la rejoindre et de l'embrasser. Ils sont heureux de se retrouver, mais lui ne peut pas rester. Il embrasse Annie et disparaît. Elle semble déçue de son départ, elle est un peu dans le vague après. Quand, le soir, nous rentrons à l'hôtel, Annie se souvient de Valeri. Mais de rien d'autre. Alors, au réveil, je décide d'organiser un rendez-vous avec le réalisateur. Nous nous retrouvons pour le déjeuner. Quand elle le voit, elle se métamorphose. Elle manifeste une joie enfantine à son contact, elle n'a plus besoin de rien, ce qui me laisse à moi le temps de souffler. Il lui parle en russe, elle ne comprend rien mais ça la fait hurler de rire.

Le souvenir de la soirée d'anniversaire s'est vite effacé, on pouvait s'y attendre. La durée de vie des souvenirs, c'est manifeste, se raccourcit toujours un peu plus. J'ai appris à faire avec. Si Annie est heureuse trois minutes et qu'elle se le rappelle trois minutes, je suis heureux trois minutes. Au moins ça que la maladie n'aura pas. Trois minutes, c'est mieux que rien. Vous direz qu'elles sont coûteuses, ces trois minutes. Mais peu importe qu'il faille faire autant d'efforts pour si peu. De plus en plus d'efforts pour de moins en moins d'effets. De moins en moins de victoires, d'autant plus précieuses qu'elles sont infimes.

Le désir est communicatif, mieux, mimétique. Les propositions pleuvent pour Annie, les tournages vont s'enchaîner. Je me réjouis, avec réserve. Je sers aux productions, chaque fois, mon petit laïus sur l'état de santé d'Annie : « Vous savez, elle est un peu fatiguée en ce moment, elle a besoin de deux personnes pour s'occuper d'elle sur le tournage : Valéra et Anne. Il faut que vous les preniez en charge sur place. » Car, hormis mon rôle de secrétaire particulier et de metteur en scène de la grande illusion, j'occupe aussi la place, ingrate, de trésorier... sans trésor. Si les lettres échappent maintenant à Annie, les chiffres, eux, lui ont toujours été étrangers. Trop généreuse, trop pillée par les gratteurs de stars, trop légère et inconséquente avec l'argent, Annie n'est pas riche. Elle n'a pas les moyens de payer trois personnes pour s'occuper d'elle partout, alors il faut trouver des solutions, s'arranger avec les productions pour qu'elles prennent en charge au moins deux des trois aides.

Il n'y a pas qu'en France qu'Annie est sollicitée. On lui propose un téléfilm en Russie et un film en Angleterre que j'accepte pour elle. On est invité à se rendre en Grande-Bretagne pour rencontrer le réalisateur, peu après avoir fait des essais avec Jane Birkin pour le rôle de Joséphine dans *Boxes*. L'enchaînement, je le sais, est trop rapide. Dans le train qui nous amène à Londres, Annie répète : « Je suis contente d'aller tourner avec Jane. » Comme toujours, je rectifie et je répète : « Non, Annie, tu ne vas pas tourner avec Jane. Tu vas en Angleterre parce que tu as rendez-vous avec un réalisateur anglais qui t'as vue dans *La Pianiste* et veut te donner le rôle d'une Française pendant la Seconde Guerre mondiale. » Chaque fois, elle répond : « Ah bon, ils veulent de moi, les Anglais ? Ils n'ont jamais voulu de moi, les *English* ! » À force de redites, le voyage me paraît durer dix heures. Parfois, je m'énerve, un peu, brièvement, juste deux minutes, le temps de culpabiliser et de m'attendrir à nouveau.

– Je suis contente d'aller tourner avec Jane...

– Psss...

– OK, OK, je ferme ma gueule, j'ai encore dit une connerie.

Je ne veux pas lui renvoyer l'image de sa maladie. Je suis même le grand ordonnateur de déni, l'architecte du secret et du mensonge. Mais je dois aider Girardot à contrôler Annie, à cacher ses défaillances, alors je la brusque un peu quand il faut, quand elle fait un blocage, et je la fais rire quand il faut, quand elle se perd. J'use d'une petite phrase, magique, qui agit comme un électrochoc et ramène Annie dans le monde des vivants. Quand je vois qu'elle décroche, que ses yeux plongent dans le vide, je lui murmure à l'oreille : « Il vaut mieux avoir la crotte au nez que la crotte au cul. » Je suis conscient que la phrase est débile, mais ça nous fait rire tous les deux, et puis c'est très efficace.

Le lendemain de notre arrivée à Londres, je suis un peu plus détendu. Je crains moins qu'en France qu'on ne découvre la mystification, qu'on ne comprenne qu'Annie a un secret. Nous sommes de l'autre côté de la Manche, ici, on ne saisit pas le français. Si Annie se met à divaguer, personne ne s'en rendra compte. *A priori*. En fait, dès le début de la matinée, aux essais de costumes, ma belle tranquillité m'abandonne : la costumière est suissesse et accueille en français Mme Girardot. Annie se tourne vers moi avec un air angoissé : « Mais j'comprends plus rien ! T'arrêtes pas de me dire qu'on est à Londres ! » Oui, parce que non seulement ça craint mais en plus ça perturbe Annie. Je lui explique que oui, nous sommes en Angleterre, mais que la dame parle français. Finalement, la dame est très flattée d'habiller Annie qui, dans le confort de l'admiration et la chaleur que j'essaie de lui procurer, ne déraille pas.

Nous partons à la BBC, où l'entretien avec le réalisateur doit se dérouler. En arrivant, Annie – et cela ne m'étonne pas, moi qui suis habitué à ses fringales permanentes – déclare qu'elle a faim. Nous avons le temps de déjeuner avant le rendez-vous alors on nous guide jusqu'à la cantine de la BBC. J'installe Annie à l'une des grandes tables du self et me dirige vers les présentoirs pour nous attraper un déjeuner. D'un œil, je choisis les plats, de l'autre, je surveille ma protégée, restée seule. Avant que j'aie pu la rejoindre avec nos plateaux, elle fait un truc improbable. Un type, qui a l'air d'un technicien, vient de s'asseoir à côté d'Annie et de poser son plateau entre elle et lui. Elle n'attend pas qu'il ait posé sa serviette sur ses genoux, elle saisit sa fourchette et se met à manger dans l'assiette de son voisin qui la regarde, estomaqué. Elle lui sert son sourire le plus charmant et lui dit en français : « Vous allez bien ? » De mon côté, j'hésite entre la panique et le fou rire. J'accélère le pas et installe son plateau devant Annie. Le tout en me marrant comme une baleine. Heureusement, elle n'a pas eu le temps de dévaster intégralement l'assiette du technicien. Elle a été divertie par la sienne, qu'elle commence à attaquer.

C'est fou, quand Annie mange, plus rien d'autre n'a d'importance que ce qu'elle met dans sa bouche. Le réalisateur, qui nous a rejoints entre-temps, peut toujours parler, ça n'intéresse que très superficiellement l'actrice. Je tente en français de la ramener dans la conversation :

– Annie, tu sais que tu vas tourner avec ce monsieur dans un film sur la guerre ?

– Oui, oui, je connais la guerre. Dis donc, qu'est-ce qu'il est beau, ce garçon !

– Annie, essaie d'écouter un peu.

Maintenant, je suis fixé. Annie n'est pas plus à l'abri en Angleterre qu'en France. Il suffit d'une costumière qui parle français ou d'une seconde d'inattention, et la catastrophe peut se produire. Le secret éventé, l'avenir condamné, Annie foutue. Plus de cinéma, plus de combat, plus d'Annie.

Le soir, on se retrouve tous les deux à l'hôtel sur les bords de Hyde Park – du « bois de Boulogne » selon Annie. Je ris avec elle parce que je suis soulagé. Elle aurait pu se passer plus mal, cette première visite en Angleterre – à « Los Angeles », selon Annie. Je plaisante, je la taquine.

– Tu vois, Annie, l'hôtel, que dis-je, le palace dans lequel nous sommes, il y a Madonna aussi...

– Ah bon ? Mais je vais aussi tourner avec Madonna ?

– Non, non, tu vas chanter avec elle !

– Oh ! oui, je suis contente de chanter avec Madonna... pssss... t'es vraiment bête, tu te fous de ma gueule !

– Mais non, si tu veux, on peut organiser un rendez-vous avec elle...

On se marre avec cette frivolité extrême dont on a besoin dans cette gravité latente qui nous coule, délicatement mais sûrement. Des incisions de fraîcheur, d'oubli total de ce qui nous mine au fond, de ce que nous savons et qui nous brûle. Une fois nourrie, lavée, couchée, Annie peut dormir et moi, respirer. Je quitte l'hôtel et marche sans but pendant une heure. J'étouffe à l'intérieur, dans cette bulle que nous nous efforçons de maintenir autour d'Annie. Malgré mon amour pour elle, malgré mon cœur, généreux je crois, malgré ma haine de la maladie, malgré ma volonté de l'empêcher de prendre le pouvoir, je flanche. Je faiblis. Les artifices m'abîment, l'illusion m'épuise.

Je compte sur le tournage du film de Jane, en Bretagne, pour raviver mon énergie et installer Annie dans un univers agréable et familier. Exceptionnellement, je serai là. Nous serons tous les trois, Valéra, Anne et moi, présents. D'habitude, le système de relais fonctionne bien. Je gère l'avant, puis je laisse à Valéra et Anne le pendant. J'évite même soigneusement de me montrer sur les tournages puisque ça inquiète Annie. Si je suis là, c'est pas bon signe, c'est qu'il y a un problème. Alors j'accepte de m'inquiéter à distance pour ne pas la troubler. Résultat, je suis pendu au téléphone et je harcèle Valéra.

Là, pour le film de Jane, je suis tout près mais je continue d'appeler toutes les cinq minutes. Et tous les soirs, j'ausculte Annie du regard, j'évalue son état. En arrivant, la petite équipe que nous sommes est ravie de découvrir une belle longère isolée qui surplombe la mer. Nous habiterons là le temps du tournage. Le salon est immense et lumineux, l'air chaud de l'été ramollit les corps et le clapotis des vagues en contrebas apaise un peu les esprits. Mais le rythme, infernal, sape quand même la sérénité du paysage et assombrit les clartés estivales. Valéra et Anne accompagnent Annie aux aurores sur le tournage pour le maquillage, pour qu'elle soit prête. Mais ils attendent ensuite des heures, de longues heures pendant lesquelles Annie se fatigue à ne rien faire, s'essouffle avant d'avoir prononcé la moindre réplique.

Moi, je profite du calme laissé par l'absence des trois autres pour traiter le courrier en retard, faire les courses et la cuisine. Je respire, j'achète des fruits de mer et tente de régaler tout mon monde de dîners copieux. Mais la tension grimpe au fil des heures, l'ambiance se dégrade. Le troisième jour, dans la voiture, elle explose, au prétexte d'un retard. Entre Valéra et moi, si c'est le grand amour, c'est aussi le grand tumulte. Et là, tout de suite, entre nous, ça pète fort. Annie s'en mêle : « Arrêtez de vous engueuler, les enfants ! »

Ce jour-là, je reste sur le tournage pour comprendre comment ça se passe. Et je constate qu'en effet Annie est rapidement apprêtée mais qu'elle ne tourne qu'à 18 heures. De cette manière, elle a tout le temps de décrocher et de n'être plus au top au moment d'entrer sur le plateau. La scripte me dit : « Elle était si belle dans *Le Temps des porte-plumes* ! » Je lui réponds : « Vous qui la connaissez et qui l'aimez bien, essayez d'arranger les choses. On la fait attendre trop longtemps, il faudrait la faire venir deux heures avant de tourner. » Vers

18 heures, j'observe un changement chez Annie, elle s'absente, elle est dans les vapes. Ça se voit à ses yeux. Elle est assise dans le fauteuil roulant de son personnage, un peu avachie, perdue quelque part. Le problème, c'est que c'est à son tour, c'est à elle mais elle ne réagit pas. Elle a l'air de comprendre qu'on attend quelque chose d'elle et ça l'angoisse, elle semble maintenant en panique. Anne, qui assiste à la scène grâce au combo, tente de la rassurer dans l'oreillette et finit par descendre, comme moi. J'essaie de lui parler : « Écoute, le problème ne vient pas de toi, maintenant c'est ta séquence, c'est gros plan sur toi. » Annie me regarde, se redresse immédiatement en me disant : « Ah bon ? » Comme par enchantement, elle est ressuscitée, elle tourne sa scène parfaitement. Tout va bien, la scène est en boîte. Je la félicite : « C'est bien, ma belle, c'est fini, demain nous pourrons partir ! »

Cet ultime effort a dû lui coûter parce que Annie, au dîner, est très affaiblie. Elle est silencieuse. À part, éloignée de nous, ses trois compagnons. Elle nous emmène avec elle, sans le savoir, dans son mutisme, dans ses abîmes. Ça me donne l'impression qu'une porte d'avion vient de s'ouvrir et qu'une décompression se fait, violente, éclatant chaque atome humain sur son passage.

TOURNER, À TOUT PRIX

Nous sommes là, tous les quatre, à table devant notre assiette, repliés, sous le regard fixe des crevettes. Nous sommes là et nous ne disons rien que la mer ne dise pas. Elle menace, et notre silence, comme un rôdeur, nous couvre de son ombre furtive.

9

L'ombre blanche

Les réalisateurs sont contents, toujours, du travail d'Annie. On ne lui a encore fait aucun reproche. En tout cas, pas à ma connaissance. Je suis fier de ça. Non seulement nous travaillons assez bien pour qu'elle enchaîne les tournages sans que rien ne filtre, mais en plus elle donne satisfaction à ses « patrons ». Pas de rumeur possible dans le milieu du cinéma. La comédie du « tout va bien » qu'Annie et nous jouons tient l'affiche, fait salle comble, se prolonge.

On nous sollicite. On honore Annie en lui proposant des rôles, on l'invite pour la féliciter, la récompenser. Comme en Roumanie en 2005 où elle doit recevoir un prix d'interprétation féminin international pour toute sa carrière et assister à la présentation du film de Michael Haneke, *Caché*, au public. Le genre de sollicitations auquel je réponds positivement. Chaque hommage, chaque signe d'affection, chaque preuve d'amour est un médicament, une partie de la prescription, tacite. Je n'ignore pas que de tels déplacements sont lourds pour elle, mais je prends le risque de la bousculer parce que, avec elle, c'est la maladie que je bouscule.

Le festival de cinéma de Transylvanie dure une semaine et se déroule dans la ville de Cluj-Napoca. Le programme, d'après ce que me dit mon contact là-bas, est chargé. Remises de prix, projections, réceptions, visites, tout est prévu pour occuper Annie vingt-quatre heures sur vingt-quatre. Val, dans son souci de perfection, remplit les valises d'Annie de tenues diverses pour toutes ces occasions. Nous partons donc à l'aéroport avec un surplus de bagages. Annie ne sait qu'elle va voyager qu'au moment où elle voit les bagages. Sa mémoire, à trop court terme, ne sait plus hier, plus demain et retient à peine maintenant. Nous l'avons levée un peu tôt ce matin. Je n'aime pas bien la presser au réveil. Il lui faut un petit moment d'adaptation au jour, un moment pour prendre le petit déjeuner en silence.

La journée commence mal avec un retard annoncé de l'avion. Je rouspète déjà. L'amoncellement de valises sur le chariot m'avait préparé à l'agacement.

Alors quand nous montons dans l'avion, deux heures après l'heure prévue, je suis passablement énervé. Quand nous en descendons, ça va mieux parce que je suis convaincu que nous sommes en Roumanie. Ce n'est pas le cas, nous sommes à Francfort, le vol jusqu'à Cluj n'est pas direct. L'aéroport est immense, je ne sais pas où nous devons prendre la correspondance et j'ai le tort de ne parler ni allemand ni anglais. Je tente de demander le comptoir Air France, qui demeure introuvable. Je fais comprendre que je cherche le terminal B, qu'on m'indique comme étant à l'autre extrémité de l'aéroport. L'errance commence pour nous. Nous prenons des couloirs sans fin, des bus et des tramways. Je m'inquiète pour Annie tellement nous marchons et je lui pose la question, malgré tout, malgré la réponse que j'ai devinée :

– Annie, tu sais, on n'est pas au bout de nos peines, t'as vu, les couloirs sont super longs, tu ne veux pas qu'on demande un fauteuil pour toi ?

– Ça va pas non ? Vous me prenez pour qui ? Je ne suis pas malade, je peux marcher.

Alors, avec Val, nous nous arrêtons dès que nous la voyons fatiguée, pour une pause, boire un chocolat. À un moment, nous croyons être arrivés au bon terminal. Mais un bouquet de portes ABCDEFGHI s'ouvre à nous. Je ricane. Je suis au bord du mauvais esprit. Décidément. J'avise deux énormes Allemandes avec des casquettes. À l'une d'elles je demande : « Cluj-Napoca correspondance ? » La réponse, à moitié avalée par l'accent anglais, plutôt américain, ne m'apporte aucune information. Je prends un air idiot et lâche un « hein ? » bovin. J'ai seulement saisi un mot dans cette purée verbale : « poiinnnt ». J'appelle Val et lui propose d'essayer le russe. Il pose donc la même question en russe. La femme me regarde méchamment et hurle presque : « Tickets ! » Je les lui montre et elle nous indique la douane un peu plus loin. Nous n'en savons pas plus.

Nous sommes depuis deux heures dans l'aéroport de Francfort quand nous trouvons enfin le comptoir Air France, où l'on nous explique que notre vol est sur la Tarom, compagnie roumaine. Quelques couloirs, quelques escaliers et quelques bus plus tard, nous parvenons sur le tarmac trempé par une pluie diluvienne. Des avions tout propres, énormes, et puis au milieu un petit coucou qui a l'air tout pourri. Val, pour qui monter dans un avion est déjà en soi un acte de bravoure, me regarde : « C'est quoi, déjà, le nom de la compagnie ? » Annie, elle, commence à fatiguer, elle a déjà demandé trois fois dans quel pays nous partions et elle annonce : « J'ai faim. » Val déclare, lui, qu'il ne montera pas dans l'avion. Je préviens que si ça continue je vais disjoncter. Annie se marre et lâche : « Ah ! ça existe encore ces trucs-là ? »

Notre scepticisme n'empêche pas l'avion de décoller, mais nous restons longtemps en position verticale. Nous avons un peu l'impression d'être dans un très vieil avion qui se prend pour une fusée. J'hallucine et je regarde Val, qui est très blanc, et Annie qui sourit et pose la question à propos : « Mais il monte jusqu'où comme ça ? On va finir par atteindre la Lune ! » Pendant le vol, Val ne se décrispe pas, Annie cherche la Lune et moi, je bloque sur la porte du cockpit qui claque sans cesse depuis que nous sommes partis.

Nous avons bien atterri à Cluj, mais pas nos bagages. Il me faut quelques minutes pour comprendre le problème : les médicaments d'Annie sont dedans et ces médicaments sont indispensables. Sans eux, ce sera pire.

On nous attend à l'aéroport, et dans ce « on » il y a une interprète. Ce qui nous manquait à Francfort. Annie, elle, rigole et dit : « Bon, ben, ce n'est pas grave, j'irai en slip à la cérémonie ! » À l'hôtel, je m'escrime à tracer les valises par téléphone. En vain. Personne ne sait où elles sont. Il ne me reste plus qu'à trouver un médecin, avec l'aide de la gentille traductrice, qui prescrive les équivalents locaux des pilules d'Annie. Je n'ai jamais su si la jeune femme avait compris, vraiment, de quoi souffrait son invitée. En tout cas, rien n'a transpiré de cette opération de secours.

Les vêtements de remplacement, c'est au centre commercial de Cluj, le lendemain, qu'avec Val on les a trouvés, et le maquillage aussi. Les vendeuses ont certainement encore en mémoire ces deux Français qui essayaient des rouges à lèvres, au risque de passer pour des drag-queens. La honte. Les valises finissent par nous rejoindre après avoir fait un détour par Jérusalem ! Nous nous préparons dans la bonne humeur pour la cérémonie d'ouverture du festival. Annie, malgré les péripéties et la fatigue de la veille, semble au mieux de sa forme. Je constate avec plaisir qu'elle se rappelle qu'elle est en Roumanie. Elle a même en mémoire notre problème de bagages. Elle est, en outre, d'humeur déconneuse.

À la soirée, elle plaisante avec nous devant les extraits de films roumains dont nous ne captons pas un mot. Elle est gaie. J'ai des images de ce moment. Je la filme, je ne peux pas m'empêcher de tourner ce moment de rémission. La maladie se fait oublier, elle a délivré une espèce de permission de sortie à Annie. Peut-être aussi qu'Annie, avec sa magie d'artiste, avec son aisance à être totalement son personnage, parvient à faire exister la fiction, à rendre réel et palpable le « je ne suis pas malade », à faire gober le mensonge à... la maladie elle-même.

C'est à elle, la grande Girardot, de monter sur scène pour recevoir son trophée. Je la conduis au bas des trois marches qui y mènent. Je ne crains rien. Elle grimpe sans difficulté, sur le générique de *Champs-Élysées*, avec ce sourire immense, large, offert, le sourire d'Annie. Elle se met même à chanter et à esquisser des petits pas de danse. Je pleure et je regarde Val qui pleure aussi. Nous sommes là, comme deux idiots, au milieu de cette foule de Roumains qui applaudissent à tout rompre, à pleurer comme des enfants. Trop de stress, trop de tristesse.

Plus d'espoir, parce que nous connaissons l'autorité d'Alzheimer, ses pouvoirs. Elle ne lâche pas prise longtemps, et puis, quand bien même, il reste toujours son ombre blanche. Après deux jours, ou plutôt deux nuits, à Paris, je tente :

– C'était bien, la Roumanie, hein, Annie... ?

– Ah ! oui, quand on est allé à Los Angeles !

La mémoire fait long feu. Ou elle se décale. Nous sommes à Avignon en 2005 pour l'association Faire face au sida, invités par sa présidente Deborah Henry. Nous devons rencontrer une autre marraine de l'association, Stéphanie de Monaco. C'est sa secrétaire particulière, Christine Barca, qui nous conduit à la princesse. J'en profite pour poser des questions de protocole. J'apprends ainsi qu'il faut saluer la princesse d'un « bonjour Altesse ». J'insiste auprès d'Annie pour éviter la gaffe, je lui fais répéter le « bonjour Altesse » pendant tout le trajet. Mais, alors que nous arrivons en face de la princesse, Annie, tout en spontanéité : « Ah, te voilà toi ! Comme je suis contente de te voir. » Et Annie de l'embrasser chaleureusement. Annie est si heureuse de recevoir la princesse qu'elle a connue petite. Pourtant, le soir, Annie demande : « On la voit quand la princesse ? » On lui répond tout de suite :

– Mais on a passé la journée avec elle, elle était en face de toi.

– Ben, non, je ne l'ai pas vue.

J'ai compris un peu plus tard : c'est le visage de la princesse enfant qu'Annie avait en mémoire. Et cette image-là, en effet, elle ne l'avait pas vue puisque Stéphanie était maintenant une femme.

Dans le cerveau d'Annie, les nuits gomment les jours. Pourtant elle dort mal, et quand elle dort elle n'a pas l'air de dormir vraiment. Mais l'obscurité favorise la confusion, le marchand de sable mouvant passe, qui emporte toutes les informations récentes, qui blanchit le tableau noir de son esprit.

Le passé s'évanouit dans sa tête à mesure qu'il resurgit dans son présent. Un des grands films à succès d'Annie Girardot, *La Vieille Fille*, datant de 1972, est projeté lors d'une soirée rendant hommage à cinq comédiennes. Je redoute toujours les soirées où la profession est présente, susceptible de découvrir le secret, capable de mettre Annie au chômage. Un homme, très maigre, aux cheveux longs et blancs vient me trouver et m'explique qu'il est Jean-Pierre Blanc, le réalisateur du film. Il me demande s'il peut voir Annie cinq minutes. Il dit ça dans un souffle, avec la voix d'un homme dont la gorge est malade. Je suis surpris de l'humilité de cet homme qui me demande une autorisation pour parler à Annie. Il ajoute, comme pour justifier sa requête : « Vous savez, ça fait tellement longtemps que je ne l'ai pas vue... » Moi, je justifie d'avance d'hypothétiques faux pas par un : « Vous savez, elle est fatiguée. » Les deux excuses s'assortissent parfaitement : le réalisateur et son actrice ont vieilli tous les deux, ils sont malades tous les deux, blessés tous les deux dans les instruments mêmes de leurs métiers, la mémoire de l'actrice, la voix du réalisateur.

L'ironie les fait se retrouver ce jour-là. Pas complètement parce que Annie, elle, n'est pas dans un bon jour. Avant de l'amener, je lui rappelle qui est Jean-Pierre, ce qu'elle a fait avec lui et l'enthousiasme qu'il manifeste à la revoir. Mais elle est distante. Loin des autres, loin d'elle-même. Elle peine visiblement à comprendre ce que dit de sa voix altérée le réalisateur. Elle décroche, se tait, semble rêvasser. Je sens la menace poindre. Nicolas Baulieu, un ami d'Annie qui a fait un documentaire sur elle et s'apprête à en faire un second [1], interrompt la conversation avec un plateau de petits-fours. Et c'est la nourriture, une fois encore, qui happe Annie et la fait glisser dans l'incohérence. Alors, à Jean-Pierre, elle se met à parler de la guerre, de la Normandie, des bombardements. Ça revient souvent, ça, la guerre, quand elle déconnecte.

Jean-Pierre, lui, reste concentré et lui parle d'un documentaire qu'il est en train de tourner et dont il voudrait qu'Annie fasse la voix off. Elle l'entend, dit oui, mais paraît se noyer ensuite dans le détail de ses explications. Il s'agit d'un film sur le travail des médecins et du personnel soignant en cancéro-

1. *Annie Girardot comme au cinéma* en 2004, et *Annie Girardot, ainsi va la vie* en 2008.

logie. Blanc précise qu'il est naturel qu'Annie fasse le commentaire de son film : comme ça il aura fait son premier et son dernier long-métrage avec elle. Je vérifie quand même, étant donné l'état de fatigue prononcée d'Annie, que ce travail sera possible. Le réalisateur tient tant à ce que ce soit elle qu'il accepte toutes les contraintes que je suis obligé de lui imposer.

Elle le fait, elle raconte le cancer, elle s'en sort bien. Jean-Pierre passe un coup de fil pour dire combien il est heureux, combien elle n'a pas changé, combien il a eu du plaisir à travailler avec elle. Il me redit combien il a de gratitude pour Annie grâce à qui il a pu faire son premier long-métrage et avec laquelle il a pu finir le dernier. Bien sûr, je répète tous ces compliments à l'actrice. Quelques jours plus tard, l'épouse de Jean-Pierre Blanc me téléphone pour m'annoncer la mort du réalisateur. J'appelle Annie et, avec tact, je lui dis que son pote « n'est plus ». Elle veut appeler sa veuve pour lui transmettre ses condoléances. Je la rassure, je m'en chargerai, comme je le fais toujours. Je lui fais des bisous, elle me fait des bisous, nous raccrochons. Cinq minutes plus tard, Annie appelle :

– Léo, tu sais pas ce que je viens d'apprendre ?

– Quoi, Annie ?

– Tu te rends compte, Jean-Pierre Blanc est mort !

– Je sais, Annie, c'est moi qui viens de te le dire y a cinq minutes...

– Ah bon, pardon, ah bon...

10

En boucle

LÉO : Annie, qu'est-ce que t'as à souffler ?
ANNIE : Rien, je me fais chier, je m'ennuie.
LÉO : ...

C'est l'ennui, la plus grande angoisse d'Annie. Le temps suspendu, le temps mort, une sorte de gouffre gluant. Échapper à l'ennui, c'est travailler, c'est tourner. En dehors du plateau, le monstre guette, prêt à l'empoisonner dès qu'elle aura quitté les lumières du cinéma. Il n'y a pas de vie pour elle, Annie, s'il n'y en a pas pour Girardot. Ou plutôt il n'y a pas de sens à sa vie, mais un écoulement de temps, purulent, qui la charrie. C'est le rien son ennemi d'hier et d'aujourd'hui. Je l'ai remarqué, quand elle s'ennuie, elle regarde la télé ou me tire la manche pour que je trouve une idée. Dans les périodes de creux, d'inactivité, je me débrouille pour faire sortir Annie de chez elle au moins une fois par jour. Au prétexte de promener le chien, d'aller manger en bas une petite omelette aux champignons ou de faire une balade pour faire une balade. Quelle que soit la nature de la sortie, dérisoire ou pas, Valéra prépare Annie. Il l'habille, la maquille, la fait jolie. Elle ne sortirait pas sans être impeccable, sans que son esthéticien russe personnel l'ait apprêtée. Val et moi sommes fiers d'Annie, et puis nous nous sentons garants de son image, de son paraître. Son être, hélas, nous ne pouvons pas le lui rendre. Nous ne pouvons que réchauffer ce qu'il en reste.

Je me suis renseigné sur la maladie, pour essayer de comprendre. Trouver des remèdes, non, mais savoir pourquoi la maladie a frappé là, mieux appréhender le terrain favorable pour gêner la progression. Là où elle s'agrippe, là où elle peut lâcher. Je raisonne ainsi. Alors je lis sur Internet des articles sur Alzheimer, je me documente avec des livres, des films. J'apprends ainsi que cette saloperie préfère attaquer ceux qui ont une activité cérébrale réduite, ceux qui ont une tendance à la dépression, ceux qui s'ennuient. Ceux-ci, elle a des affinités avec. Ou plutôt, et c'est cela qui me terrorise, au fond ceux-ci lui ouvrent les portes, la laissent s'installer chez eux. Au fil de mes recherches, j'ai été notamment touché par un film, fait en 2005 par une jeune femme, Laurence Kirsch, sur son père malade. Dans *Présence silencieuse*, elle fait parler ses proches, elle affronte leurs paroles et leurs silences. Elle interviewe sa mère, émouvante, qui a une phrase traumatisante : elle dit à un moment que son époux, en quelque sorte, a préféré « prendre la fuite ». Elle décrit la souffrance qu'elle a éprouvée à comprendre que son mari, en tombant malade, avait échappé à une vie qui ne lui plaisait plus. Fuir sa vie, quitter, lâcher. C'est peut-être cela qu'Annie a fait. Elle serait donc malade d'avoir été abandonnée trop longtemps, de s'être autant ennuyée. Le silence a présagé l'effacement à venir. Annie a perdu l'habitude des mots.

Tourner en rond l'a tuée, la tue. Et bizarrement, avec toute l'ironie dont le mal est capable, c'est sous cette forme de répétition, la boucle, qu'il se manifeste d'abord, et ensuite aussi. La première fois, c'est l'histoire du pourboire au taxi. Première d'une longue série dont j'ai aujourd'hui oublié les derniers épisodes. D'une certaine manière, je discerne une gradation des obsessions chez Annie. La deuxième qui survient concerne *Madame Marguerite*. Annie l'a jouée mille fois, mais elle réitère un : « Je veux reprendre *Madame Marguerite*. » Comme si la crainte, confusément, la poussait à s'agripper à des terrains connus. Rassurant, un rôle tant de fois tenu pour cette femme qui sait, sans savoir, qu'elle perd la mémoire. Cette fois-ci, l'obsession a gain de cause : Annie va reprendre *Madame Marguerite*, et triomphalement en plus, le temps de ralentir un peu ce qui a commencé de la bouffer.

Avant la fixette du taxi, Annie ne me paraissait pas obsessionnelle. À part concernant son chat Hitchcock, seul sujet sur lequel elle avait tendance à se répéter parfois – elle disait trop souvent : « Alors, le chat, il a mangé ou pas ? » Cette focalisation ne m'a jamais troublé, moi qui connaissais l'amour de l'actrice pour son doux compagnon. Mais soudain, celle qui se souvenait de tout, surtout du meilleur, celle qui, de par son métier, avait appris à se souvenir, se mettait à oublier. Et à répéter, comme pour conjurer l'amnésie. Annie répétait un texte, souvent absurde ou significatif pour elle seulement, qui n'avait été écrit par personne, qui ne serait dit dans aucun théâtre, ne serait enregistré sur aucune pellicule. Si, la mienne, celle de ma mémoire.

Ce qui est étrange, c'est que les idées fixes varient peu, changent peu d'objet. Au fil des sept années de maladie, elles ont été à peu près les mêmes. Sur cette liste restreinte, j'inscris en majuscules la nourriture. Il arrive souvent, quotidiennement, plusieurs fois par jour, qu'Annie dise : « Quand est-ce qu'on mange ? » Le plus angoissant, c'est quand elle lance sa question dix minutes après avoir terminé, justement, de manger. Que nous soyons dans son appartement ou à l'extérieur, elle n'oublie pas de manger, elle oublie juste qu'elle a mangé. Son corps en revanche n'oublie pas et je suis forcé de poser des cadres à cette tendance boulimique qui accompagne l'Alzheimer d'Annie. J'essaie d'empêcher qu'elle mange du chocolat, sa passion. Je limite aussi le grignotage. Quand Annie, avec une insistance puérile, souligne sa faim, je l'aide à être patiente, à attendre l'heure du repas tranquillement. Il ne faut pas qu'Annie grossisse, ça s'est déjà produit et ce n'est pas conseillé. Elle a trop mal au dos pour supporter le surpoids.

Je réfléchis à cet amour immodéré pour la bouffe. Peut-être est-ce ce qui la rattache au monde réel ? Il est possible aussi qu'elle sente une détérioration en elle et qu'elle cherche inconsciemment à la compenser. Ce n'est pas un petit creux qui la travaille mais un grand qui l'aspire. Elle se leste, pour s'empêcher de partir, elle se remplit pour ne pas trop se vider. Ce qu'elle fait pour s'ancrer au monde réel produit hélas l'effet inverse. Quand elle mange, Annie est toujours au bord du *bug*. Absolument captivée par son assiette, elle perd toute faculté de concentration. Alors, soit elle n'écoute plus, soit elle est en décalage, soit, plus grave, elle réinvente le réel et se met à dire n'importe quoi. Aussi, pendant toute la durée du mensonge, je redouble de vigilance quand Annie est en situation de manger. Je redoute les tables dressées et les petits dîners où l'intimité ne permettrait pas d'étouffer l'incohérence des propos d'Annie Girardot.

Être celui qui la prive me fait souffrir. Moi qui aime tant lui faire plaisir, qui cherche toutes les occasions de la surprendre, de la faire sourire, de la rendre heureuse. Pour la satisfaire, je suis capable de tout. J'ai même dépassé ma timidité et j'ai fait inviter l'épouse du Président en appelant directement l'Élysée. C'était pour la dernière, à l'Olympia, de *Madame Marguerite*. Je savais qu'Annie avait pour Mme Chirac, sans l'avoir jamais rencontrée, un respect immense et une espèce d'affection. En la voyant à la télé, elle m'avait dit : « Tu vois, c'est dommage, je l'aime bien et elle, elle n'a jamais voulu me voir. » Ça m'avait marqué, et ça m'est revenu au moment de chercher un événement d'exception pour faire passer la tristesse du rideau baissé sur *Madame Marguerite*. J'ai téléphoné au secrétariat de l'Élysée et soumis ma requête. Bernadette Chirac y a répondu favorablement : elle nous a fait la grâce de venir à l'Olympia et a même eu la courtoisie de venir saluer Annie.

Les hommes sont une autre lubie de la comédienne. Sa réputation de mangeuse d'hommes, d'amoureuse invétérée n'est pas nouvelle. Sa façon, en revanche, d'évoquer les mecs de sa vie, de faire des commentaires sur les hommes rencontrés et de tout ramener, en général, aux hommes, est plus inédite. Et elle qui pratiquait avant, quand elle n'était pas atteinte, quand la situation s'y prêtait, l'humour un peu coquin ne sait plus le contrôler. Il est parfois presque déplacé. En Roumanie, alors qu'on nous emmenait découvrir les beautés de la région dont un sublime monastère perché dans la montagne, j'ai eu à batailler pour masquer les remarques égrillardes d'Annie.

Nous nous promenons avec une charmante nonne et une gentille interprète quand Annie, d'un coup, s'arrête et questionne avec un air très grave notre guide : « Mais ils sont où les hommes en fait ? Ils sont où, vos mecs ? » Je tente de dissuader la traductrice de faire rigoureusement son travail. Mais Annie ne s'arrête pas là : « Attends, s'ils sont aux champs, les gars, les pauvres, elles doivent se faire chier ! C'est horrible ! » L'interprète roumaine ne peut plus se permettre l'ellipse, elle traduit pour la bonne sœur qui s'esclaffe. La scène est bizarre, je finis par en rire.

Pourtant ce n'est pas drôle. Elle n'aurait jamais eu ce comportement, avant, quand elle n'était pas malade. D'ailleurs, j'ai relevé que ce scandale avait eu lieu après un intermède bouffe. On nous avait servi, en gage d'hospitalité, une petite assiette de soja que nous avions dégustée. Même si, pour Annie, « déguster » n'est pas le bon mot : « dévorer » est plus juste. Cette façon de manger était un symptôme trop voyant de sa métamorphose. Il suffisait de la regarder absorber les aliments qui se présentaient à elle pour noter un changement de comportement, une altération étrange, un début d'anormalité. Je la surveillais pour prévenir l'excès et scannais toujours l'éventuelle présence de photographes au moment de repas mondains. Ils auraient pu la photographier comme ça, avec son air de boulimique. Ç'aurait été terrible.

Régulièrement, elle dit des hommes qu'elle rencontre, comme le réalisateur en Angleterre : « Qu'est-ce qu'il est beau, cet homme-là ! » Et puis, quand elle les connaît déjà, elle les réclame. Delon, qu'elle vénère, et son Lelouch... À Monaco, bien que je lui aie déjà dit quinze fois que le prince Rainier ne serait pas là, elle continue son : « Est-ce qu'on va voir le prince ? »

11

Sans sommeil

La nouvelle Annie, celle que la maladie a attrapée, est donc pleine de lubies. Son cerveau se crispe sur certains points de la réalité. Ces obsessions-ci sont diurnes et elles sont verbalisées. Mais elles ne sont pas les seules à hanter son esprit... D'autres, plus obscures, incompréhensibles, s'imposent la nuit. Je suis convaincu que le rythme de vie de la comédienne, décalé pendant très longtemps, a une part de responsabilité dans la façon qu'elle a de passer ses nuits. Elle souffre depuis longtemps de troubles du sommeil. Elle dort mal, elle dort tard. Je vois bien, à l'époque où j'entre dans sa vie, qu'elle diffère systématiquement le moment d'aller se coucher. Même fatiguée, elle traîne la nuit. Elle fait des réussites devant la télé jusqu'à 2 heures du matin, jusqu'à épuisement. Elle refuse assez clairement d'aller dans son lit. Le sommeil, elle le craint comme un ravin dans lequel on pourrait tomber, un sarcophage duquel on ne sort pas. Je distingue bien la douleur sous l'insomnie. Je sais qu'elle a, de longues années durant, passé des soirées interminables parce que solitaires. Je me suis fait la réflexion que nous ne sommes pas égaux devant le temps. Quand on est seul, tout passe tellement plus lentement. Parce qu'on attend les autres, peut-être, et qu'en attendant le temps prend toute la place. Et puis quand on est seul, on a peu de plaisir à aller au lit. Personne ne vient vous y rejoindre, personne ne s'allonge à côté de vous, personne ne réchauffe vos pieds gelés. Si vous vous étouffez en dormant, personne ne s'en rendra compte. Il se peut même qu'on ne retrouve votre cadavre, bien décomposé, qu'une semaine plus tard. Alors Annie a peut-être des raisons valables de redouter le sommeil...

Depuis qu'Alzheimer est de la partie, les troubles du sommeil se sont considérablement aggravés. Une fois couchée, Annie ne dort pas forcément. C'est-à-dire qu'elle ne paraît pas dormir. Ses yeux ne sont pas complètement fermés, et puis elle marmonne des trucs, rit parfois. On dirait qu'elle rêve tout haut, sans dormir. Et quand le lendemain je lui dis, parce que Val m'a donné l'information :

« Il paraît que tu n'as pas dormi », elle répond avec assurance : « Si, si, j'ai dormi. » Elle préfère mentir, car elle sait qu'autrement elle va se taper une visite chez les médecins, ce qu'elle déteste le plus au monde. Mais ces petites cachotteries sont gênantes pour moi qui ai besoin de connaître exactement son état de santé afin de pouvoir l'aider. Au moins, l'avantage, avec la fatigue, c'est qu'elle se manifeste sur le visage par des cernes. Alors Annie a beau dire qu'elle dort, je ne suis pas dupe.

Lorsque je l'observe ne pas dormir, j'ai l'impression de voir un cerveau qui tourne à vide, en boucle, un disque que le bras cassé ne lit plus et qui fait « clic-clic ». Non seulement Annie ne se repose pas, mais elle se fatigue et efface les informations de la veille. Le mauvais sommeil, comme l'ennui, fait son travail d'anéantissement. Parfois, elle avoue qu'elle ne dort pas. Elle me dit : « Je ne dors pas, je réfléchis tout le temps. » En fait, le problème, c'est que cette réflexion ne l'aide pas à éclaircir les choses – elles ne peuvent l'être – et *a contrario* embrouille tous les éléments qui y surgissent. La nuit déteint sur l'esprit d'Annie, l'obscurcit un peu plus.

Des médicaments pour résoudre ces terreurs mentales nocturnes, les médecins en ont prescrits. Mais ça n'a pas marché. Annie, toujours au bout de ses forces devant la télé, la tête qui s'incline.

Annie, trop éveillée, dans son lit, en panique cérébrale. Annie, le matin, crevée et confuse. Je me suis mis à chercher un remède, avec la foi de l'amour mais le soupçon du type conscient de l'irréversibilité des souffrances. J'ai fini par opter pour la médecine chinoise dont on m'avait plusieurs fois vanté les bienfaits : l'acupuncture. On m'a confié le numéro du Dr Tran, avec lequel j'ai pris rendez-vous pour Annie et... pour moi. Dès le moment où la maladie avait été diagnostiquée, les médecins nous avaient mis en garde sur la dureté de ce que nous allions subir et nous avaient conseillé un suivi psychologique.

La première visite chez le fabuleux Dr Tran se déroule plutôt bien. Il est doux et il explique tout ce qu'il va faire : « J'ai initié une nouvelle technique d'acupuncture. Je vais vous mettre une aiguille à un endroit de la tête et vous verrez, au bout de quelque temps, vous arriverez à dormir. » À première vue, on pourrait se dire que le médecin chinois, enfin, vietnamien, est un mytho, dangereux de surcroît. Pourtant ce qu'il a annoncé se produit effectivement. Annie est un peu soulagée de ses insomnies somnambuliques, alors elle accepte de le revoir régulièrement. À un moment, elle ne peut plus aller à lui, alors il vient. Elle l'aime bien. Je lui dis :

– Le Dr Tran va arriver...

– Ah, le Chinois ?
– Non, le Vietnamien.
– Ah, lui ? C'est mon copain.

Les relations entre le Dr Tran et Annie se développent au point qu'elle se met à lui parler. Un soir, je lui propose de rester grignoter un truc avec nous. Il arrive à l'appartement avec plein de petites choses à manger. À table, je me tiens en retrait et je regarde l'acupuncteur qui s'est assis à côté de sa patiente pour bavarder. Puis j'observe Annie qui raconte sa vie, ses films. Sa mémoire défaillante parfois crée quelques petits creux dans son discours, mais ce discours se tient, et même elle le tient pendant une heure. Je suis scotché. Quel est donc ce pouvoir magique qu'a le Dr Tran pour parvenir à de tels résultats avec elle ?

Avant de nous quitter, il n'oublie pas de planter une petite aiguille dans la tête d'Annie que je retirerai tout à l'heure. Annie sera toute molle, bien détendue par ces courants positifs que l'acupuncteur lui prodigue. Il lui donne un peu de paix. Elle se sent bien, sereine, la machine dans sa tête s'est calmée, a stoppé ses tours en rond. Ou bien ils sont plus lents, moins angoissants, moins tourbillonnants. Le Dr Tran est le baume pour le pauvre cerveau en vrille d'Annie.

– Léo, il est parti Maurice ?

– Oui, il est parti.

– Il revient quand ?

Je regrette souvent de n'être pas assez petit pour entrer dans la tête d'Annie, voir ce qu'elle voit et pouvoir la soulager. Elle est, je le perçois, agressée par des images qui ont l'air d'être fulgurantes et fuyantes. De jour également, il peut arriver que ces images l'assaillent. Comme certains entendent des voix, d'autres voient des images dans leur tête. Chez Annie, elles vont trop vite, elles arrivent dans le désordre comme un film devenu fou, elles se bousculent et tournent sur elles-mêmes.

12

L'hôpital

Alors que je souligne – ce n'est ni la première ni la dernière fois – les difficultés rencontrées par Annie avec le sommeil, le Pr Rigaud suggère une hospitalisation de cinq jours. Nous sommes en avril 2007 et, d'après ce que je comprends, il s'agit de lui faire des examens poussés pour être en mesure de doser précisément son traitement. Bien sûr, Annie rouspète. Se retrouver pendant cinq longs jours carrément dans un vivier de blouses blanches, pour elle c'est atroce. Et, en effet, c'est atroce. Elle reste quatre fois plus longtemps que prévu à l'hôpital. Ces trois semaines interminables minent Annie. Elle s'ennuie, elle le répète, à moi et à ceux qui viennent tuer le temps avec elle. Les médecins la gardent pour faire des analyses complémentaires.

En fait, ils ne trouvent rien parce qu'il n'y a rien de nouveau à trouver. Sa maladie est identifiée et tout ce dont elle souffre procède de cette maladie. Au fond, depuis le début, je le sais. J'ai senti l'inutilité de ces trois semaines.

Je les vis mal aussi, ces trois semaines. Dès les premiers jours, je remarque l'incessant ballet de médecins et d'infirmières certainement flattés d'avoir une star dans leur service. Quand ils ont le temps de rentrer chez eux, ils le racontent probablement. Tous les prétextes sont bons pour pénétrer dans la chambre de l'actrice, pour apporter qui des soins, qui des fleurs, qui un message... Je suis particulièrement agacé de cette intrusion permanente. Je crains les ragots, les photos, les vilains qui pourraient vendre l'information à une certaine presse peu scrupuleuse. Ça se calme un peu. Une fois l'excitation de la nouvelle passée, les visites spontanées diminuent.

Annie s'ennuie toujours, assise sur sa chaise. Tous les soirs, elle m'appelle et me dit calmement : « Tu viens me chercher ? » Quand j'arrive le lendemain, je suis toujours triste de la voir le regard dans le vide, muette, apathique. Elle vit le pire : elle s'emmerde dans une chambre où les médecins la retiennent captive. L'entourage, à ma demande, est admis un peu avant les heures de visite officielles. Nous essayons de l'aider à ne pas rester seule, hagarde, sur son fauteuil en Skaï marron, à broyer du blanc.

Mais, au bout de trois semaines, le mal est fait. Les jours qui suivent le retour à l'appartement sont, pour Valéra et moi, une démonstration flagrante et cruelle de l'impact négatif de l'hospitalisation. Nous notons très clairement une dégradation. L'ennui a porté ses fruits, toxiques. Annie parle peu, dort mal, n'est pas là, moins là. Et quand elle parle, c'est pour ressasser. À un moment, elle se met à marmonner toujours la même phrase. Elle murmure sur un ton méchant : « Quelle salope, mais quelle salope ! » La première fois, je crois avoir mal entendu. Je lui demande de répéter, elle s'exécute. Évidemment, je lui demande de qui elle parle. Mais elle ne répond pas, elle recommence : « Quelle salope, quelle salope ! » Et la phrase revient plus tard, une fois, une deuxième fois, une troisième fois, une quatrième... Très intrigué, j'échafaude des théories diverses. Je tente d'imaginer à quelle femme Annie en veut autant. Je me repasse les événements récents, je réfléchis longuement... Las, je finis par supposer que la salope est sans doute la maladie. À force de ne jamais en parler, de ne jamais la mentionner, je me dis qu'elle doit surgir autrement dans la bouche d'Annie.

Je donne raison à Annie : Alzheimer est une salope, une vraie. Par définition, la salope est ce qui est sale, ce qui est vil, ce qui est bas. Par expérience, la salope est aussi celle qui dérobe à l'autre ce qu'il a de plus cher. Cette maladie a donc tout d'une salope. Elle blesse sa proie là où sa chair est tendre, elle lui ôte ce à quoi elle tient le plus. Ainsi en est-il pour Annie. Alzheimer est en train de déchiqueter son outil de travail, sa mémoire, et de la piéger, elle, dans sa façon de travailler, dans la répétition. Faire répéter n'importe quoi à une actrice, ce n'est pas vicieux, ça ? Lui ôter très lentement, une par une, les cellules de sa mémoire, ce n'est pas un truc de salope, ça ? En y pensant, je me remplis de haine vaine. Je pourrais toujours faire comme Annie et hurler, pour me soulager, « Salope ! », mais le peu d'énergie que j'ai encore, je compte le conserver.

Malgré tout, malgré les nombreux motifs de mélancolie, malgré ce satané hosto et son onde de choc, je ne veux pas lâcher, pas baisser les bras, pas trop montrer à Annie mon découragement. Je craque de plus en plus souvent. Je parle à Val ou j'appelle ma copine Alice Dona, si précieuse, si solide dans les tourments. Ceux qui aiment Annie savent qu'elle va mal, qu'elle est déprimée depuis ses trois semaines en chemise de nuit.

13

Le vide

ANNIE : Léo, je ne sais pas trop ce qui m'arrive, je ne sais pas où je suis...

LÉO : Mais Annie, tu devrais être contente, tu fais plein de choses, on s'amuse, tout va bien, ne t'inquiète pas...

Elle est paumée, Annie, et consciente de l'être, parfois, par éclairs. Dans ces moments de sincérité, elle se déclare vulnérable, elle admet sa difficulté à lutter dans le vide. Flottant est cet état auquel elle fait allusion. Elle a perdu pied, elle n'a presque plus de contact avec la terre ferme. Dans l'immense compassion que j'éprouve pour Annie, j'ai essayé d'imaginer ce que pouvait être ce vertige. J'ai pensé à un astronaute qui serait jeté sans combinaison et sans oxygène dans l'espace. Je me suis rappelé *2001 : l'odyssée de l'espace* et le supplice du saut final dans l'atmosphère. Ce doit être la même chose pour Annie. De la même manière que le film de Kubrick s'achève sur un silence absolu, celui d'Annie Girardot perd progressivement le son.

Les repères, ce sont les premiers cailloux sur la route du condamné par Alzheimer. Le temps et l'espace, cadres naturels et fixes pour les autres, deviennent pour lui problématiques et mouvants. Dans l'espace, son malaise est plus clair, son hésitation éclate et fait couler les larmes dans les yeux des autres, ceux qui ne tâtonnent pas. « Où ? » devient une question cruciale.

Annie sait de moins en moins où elle est. En dehors de chez elle, elle est vraiment perdue, comme dans un désert sans pancartes. Même chez elle, dans son propre appartement, elle se perd, finalement. Je ne pensais pas que quelques améliorations et rafraîchissements dans son appartement la perturberaient autant. J'ai fait exprès de ne rien lui dire pour qu'elle le découvre, comme par magie, en rentrant chez elle. Les murs avaient besoin d'être repeints et l'organisation de l'appartement d'être rationalisée, alors j'avais pris les choses en main. Avec l'aide de toute la famille, nous avons décidé de nous y mettre. Les milliers de clopes consumées avaient tout noirci, et le sens, assez faible, du rangement chez Annie avait engendré la création de zones particulièrement chargées et poussiéreuses. Nous savions comment optimiser l'espace et, sans être maniaques, on avait un goût prononcé pour le propre et le neuf. L'actrice, elle, se moquait bien de la couleur de ses murs ou de l'absurdité avec laquelle elle avait pu jusqu'à présent ranger ses affaires dans les placards. Ce n'était pas important pour Annie. On croyait bien faire, pourtant. On s'était persuadé qu'un coup de balai et un réaménagement de son intérieur embelliraient, amélioreraient sa vie. Un appartement douillet et agréable, ça ne pouvait qu'aider...

Dans notre souci de bien faire, nous avons amélioré la circulation de l'entrée au salon en déplaçant le vieux bureau. Encombré de toutes les affaires d'Annie, il bouchait effectivement le passage. Des piles de scénarios, de cassettes et de papiers divers s'amoncelaient depuis trop longtemps. Le meuble et ce qui le recouvrait formaient presque un mur. Ne pas ranger peut-être pour ne pas oublier. Ce tas constituait un disque dur externe, une sauvegarde de ce qu'elle avait fait, faisait ou ferait. Nous avons pourtant pris soin de remettre tous les bibelots, tous les souvenirs précieux à leur place. Nous avons veillé à ne pas trop déranger l'ordre des choses apparentes, conscients de la fragilité d'Annie. Les couleurs n'ont pas changé, elles sont seulement retrouvées. Mais le bureau n'est plus là avec son bordel dessus et ce simple détail peut suffire à tout faire basculer.

Elle ne reconnaît pas son appartement. En y pénétrant, elle s'exclame : « Oh, c'est joli, mais dis donc, je n'ai jamais vu cet hôtel. » Blêmes, nous répondons en chœur : « Mais Annie, tu es chez toi ! » Alors elle embraye, comme toujours quand elle sent qu'elle n'a pas dit ce qu'il fallait dire : « Ah bon, je suis chez moi ? C'est formidable, c'est très beau, merci, qu'est-ce que je vous aime ! » Elle n'a quitté son appartement que depuis huit jours et, hormis le fameux bureau, rien n'a bougé. Pour elle, l'espace se volatilise vite parce qu'il ne se fixe pas. Un lieu se met à en valoir un autre, une destination en est une autre. Annie n'est plus au même endroit que ceux qui l'entourent. Quand je suis à Londres, Annie est à Los Angeles, quand je longe Hyde Park, Annie longe le bois de Boulogne, quand je suis chez elle, elle est à l'hôtel...

Les lieux ne sont plus vraiment les lieux. Ils n'ont plus, dans la tête d'Annie, leurs particularités. Ils ont seulement des caractéristiques qu'elle connecte et qui l'incitent à les confondre. Là aussi, pour moi, ces désordres ne sont que le prolongement d'une vie en mouvement, en déséquilibre. Tous ces films, tous ces tournages, tous ces voyages. Annie n'habitait jamais très longtemps quelque part. En déplacement par vocation, l'actrice n'a pas vraiment d'ancrage. Paris est la ville où elle revient, mais elle est malheureuse dès qu'elle y reste trop longtemps. Un même endroit, pour Annie, c'est le début de l'ennui.

La perte de repères, je suis au courant, constitue un symptôme commun aux malades d'Alzheimer. Sauf que la maladie s'adapte, connaît différents avatars, en fonction de celui ou de celle chez qui elle loge. C'est l'une de ses perversités : accentuer le naturel, le faire revenir au galop. Jean-Claude Brialy, rencontré le jour des retrouvailles avec Jean-Pierre Blanc, m'a raconté qu'Annie avait, depuis bien longtemps, des rapports embrouillés au temps et à l'espace.

– Comment va Annie ?

– Bof, elle est toujours un peu fatiguée, vous savez...

– Elle demande toujours où elle est, quelle heure il est, quel jour on est ?

– Pourquoi vous dites ça, monsieur Brialy ?

– Parce que ça fait tellement longtemps que je la connais... Il y a des années de cela, quand on tournait ensemble, elle ne savait déjà plus où elle était...

Je suis frappé par cette information. Dans les années 60, se repérer dans l'espace et le temps était donc déjà compliqué pour Annie. Soudain, sans qu'on sache pourquoi, elle découvrait où elle se trouvait comme si elle venait d'y être téléportée. Et depuis que la maladie l'emporte, ces trouées sont de plus en plus fréquentes, de plus en plus violentes.

Annie ne sait plus où elle est. Elle ne sait plus sur quoi elle marche. Le sol, quand elle y pose les pieds, se met à onduler, à se dérober, à se craqueler. Elle est atteinte de vertiges qui la submergent jusqu'à, rarement heureusement, la faire tomber. Elle me le dit : « J'ai des vertiges. » Je m'insurge : « Mais Annie, tu ne peux pas avoir des vertiges, nous marchons sur du plat ! Il n'y a pas de pente, pas de précipice. Si tu lèves les pieds, tu ne tomberas pas. » Annie écoute mes phrases rassurantes mais ne les entend pas. Le vide la guette à chaque pas, elle en est intimement persuadée, dès qu'elle sort de chez elle.

Dans l'ascenseur de son immeuble déjà, le vide est là, sous la moquette. Quand elle passe la porte de son appartement, elle tâtonne pour atteindre l'ascenseur qui n'est qu'à vingt centimètres. Entre elle et lui, il n'y a pas de vide. Il n'est que dans la tête d'Annie, ce vide. C'est l'animal visqueux qui lui mange les neurones qui le fabrique, ce vide. On dirait qu'elle marche sur des trous de mémoire dans lesquels elle redoute de chuter. Quand c'est sur un sol plat qu'elle avance, Annie s'imagine des pentes. Et quand c'est sur un sol incliné ou sur un escalier, elle sent des abîmes sous elle. La perspective de marches à descendre ou à monter la terrorise la plupart du temps. Val et moi sommes toujours, l'un ou l'autre, à proximité pour l'assister dans l'épreuve. Il faut être un peu musclé pour être capable de la retenir le cas échéant et de la maintenir tandis qu'elle panique. C'est ce que j'ai essayé de faire comprendre à Mimie Mathy à la première de Muriel Robin, alors qu'elle s'était mis en tête d'emmener seule Annie dans des loges accessibles par des escaliers. Elle a refusé de m'écouter, mais plus tard elle m'a demandé :

– Mais qu'est-ce qu'elle a, Annie ?

– Pourquoi, parce que pour descendre une marche, ç'a été l'enfer ? Je vous l'avais dit, vous n'avez pas voulu m'écouter. Elle est fatiguée, alors elle a peur de tomber, il faut l'aider dans les escaliers.

Je n'exagère pas quand je dis « une » marche. Ça suffit amplement pour affoler Annie. Les trois marches du train à Londres sont une montagne à franchir. Quand elle s'engage dessus, tremblante, je lui tiens la main. Le problème, c'est l'équipe de production, dépêchée pour nous accueillir. Elle ne les connaît pas, pas plus qu'elle ne connaît la langue dans laquelle ils s'adressent à elle. Trop d'inconnu la tétanise. Elle se met à gueuler avec son accent parigot : « C'est quoi, ce bordel ? Laissez-moi ! Qu'est-ce qu'il me veut, ce connard ? Au secours ! » J'interviens bien sûr, tente avec mon anglais déplorable de leur dire qu'il faut la laisser, qu'elle est fatiguée. Je m'entends répéter bêtement avec mon accent de vache espagnole : *« She is tired. »*

Descendre d'un train est un problème, monter dans un hélicoptère aussi. Bernard Montiel m'avait appelé pour me signaler que nous ferions le trajet, depuis Nice jusqu'à Monaco où il nous attendrait pour l'anniversaire de TMC, en hélicoptère. Je m'étais empressé de le dire à Annie. Mais l'information n'avait pas trouvé de place dans sa pensée, entièrement investie par une virtuelle rencontre avec le prince Rainier. Alors, quand elle voit atterrir l'hélico, elle est très surprise et un peu inquiète. Elle se tourne vers moi pour me dire :

– Eh, mais on ne va pas monter là-dedans ? Ils sont barjots ! Viens, on va prendre un taxi.

– Mais Annie, c'est ça, le taxi !

Moi aussi, je suis soucieux. J'ai vu la hauteur de l'engin et je suis en train de me demander comment faire grimper Annie dedans. Il y a trois marches à gravir. Je monte d'abord dans l'idée de la hisser. Elle essaie la première marche, trop haute. Elle n'y arrive pas et hurle : « Ben aidez-moi, j'arrive pas à monter dans le bordel ! Ne me laissez pas là sur le trottoir ! » Deux types à proximité s'approchent pour contribuer à l'effort d'embarquement. Pour la pousser vers le haut, ils n'ont pas d'autre prise que ses fesses, qu'ils saisissent énergiquement. Leurs forces associées propulsent Annie, qui lâche un grand : « Ouaaaaaaaahhhhhhhh ! »

Une fois dans l'hélico, elle rit de cette façon peu orthodoxe de l'avoir escaladé. C'est le rire qui la sauve bien souvent de la peur. J'y veille. Là, tout de suite, dans les airs, je ne gère pas grand-chose parce que je flippe. J'ai peur du vide, moi aussi, des avions, des hélicos, des sauts à l'élastique, en para chute... Surtout que nous survolons la mer et que, malgré mes origines bretonnes, je suis un piètre nageur. Je crains l'eau. Annie, comme d'habitude, s'extasie sur la Lune qui « est belle et qui brille ». Avec nous dans l'hélico, il y a deux personnes, des Anglais, qui discutent entre eux. Ça perturbe Annie d'entendre parler une langue étrangère en France ou d'entendre parler français à l'étranger.

– Léo, tu la vois, la Lune ?

– Oui, Annie, je la vois. Elle est belle, hein ?

– Oui, elle est belle, la Lune. Ils ne comprennent rien, ceux-là...

– C'est normal, c'est des British.

– Ah bon, ils ne parlent pas français ?

– Ben non puisque c'est des Anglais !

– T'as vu, elle est jolie, la Lune, mon amour ?

– Oui, Annie, j'ai compris, elle est très belle, la Lune.

– Mais eux, ils ne comprennent rien !

– C'est normal, ce sont toujours des Anglais !!!

Annie explose de rire. Elle finit par comprendre que ses redites sont absurdes, par rire de ce comique de répétition qu'elle instaure sous l'influence de la maladie. À travers mon regard, elle finit par percevoir ses obsessions et elle parvient même, parce que c'est Annie, à s'en moquer.

Le gag des escaliers n'est malheureusement pas toujours aussi drôle. Quand il s'achève par une chute, et publique par-dessus le marché, personne ne peut rire, pas même les mauvais esprits. C'est ce qui s'est produit le soir du concert de Michel Polnareff à Bercy. Sachant qu'Annie l'adore, j'ai demandé des places pour elle et Renato. Je considère que la soirée commence mal quand je réalise qu'il va falloir descendre un immense escalier. C'est par là que passent les VIP et il n'y a pas d'autre accès pour atteindre les sièges qui nous sont attribués. Je ne dis rien et amorce la descente avec Annie à mon bras. Mais un grand bonhomme de la sécu, voyant le couple mal assuré que nous formons dans l'escalier, se précipite pour aider. Annie, pour changer, ne se laisse pas faire. Elle n'a jamais vu la tête du type de la sécu. Elle crie : « Au secours, aidez-moi ! » Et là, échappant aux mains qui la soutiennent, elle tombe en avant, sur les genoux. Plus de peur que de mal, elle n'a loupé que deux marches. Un photographe officiel qui a assisté à toute la scène a le bon réflexe – et heureusement pour lui, parce que je l'avais remarqué et je me préparais à lui sauter à la gorge : il lâche ses appareils et court relever Annie.

Elle n'a rien. Elle est même suffisamment en forme pour profiter à fond du concert. Le vertige et ses conséquences sont déjà oubliés. Elle ne peut pas se lever alors elle chante fort. Elle aime bien chanter, et puis elle adore les chansons de Polnareff, elle les sait par cœur. Les people présents sont impressionnés par l'énergie qu'elle dégage, ils viennent tous la saluer. Mais le concert dure un peu trop longtemps. Annie, maintenant qu'elle est malade, se fatigue vite. Ce soir, elle a fait des efforts considérables et prolongés. À la fin du show, elle accuse le coup et, quand elle se retrouve quelques minutes plus tard en face de Polnareff, elle est absente. Je vois bien son œil vague, son mutisme de mauvais aloi, son air sérieux. Elle pose avec la star pour des photos, mais le cœur n'y est pas. Devant ces signes-là, je presse le pas pour rentrer.

Le lendemain, ses genoux se rappellent un peu l'incident ; Annie, elle, pas du tout. Ni la chute dans l'escalier, ni son pote Michel Polnareff sur scène, ni elle qui chante dans les tribunes.

14

Vertige

Depuis qu'elle est malade, les peurs sont multiples. Les repères gommés, les vertiges qui l'aspirent, l'inconnu au tournant, les facteurs d'angoisse sont légion. Désormais, pour Annie, la réalité n'est plus seulement la réalité, l'aspect des choses n'est plus lisse. Il y a un envers, une zone d'ombre. Sous le sol, derrière les murs, les gens, dans sa tête, partout le vide se tapit. Finalement, derrière toutes ces frayeurs d'Annie, il y a la peur ultime de la mort, un gouffre qui l'appelle. Je m'en rends compte par une anecdote avec Pierre Palmade. Celui-ci a écrit une pièce de théâtre pour la phénoménale Jacqueline Maillan. Mais elle est décédée et son rôle reste vacant. Pierre, affligé par la mort de son actrice, est embarrassé. Il est tout à fait conscient que seule une actrice très charismatique peut entrer dans la peau de ce personnage qu'il a taillé très grand. Il pense assez vite à Annie dont il connaît l'extraordinaire présence sur scène.

Un jour, je reçois un appel d'Annie qui semble affolée : « Dépêche-toi, viens à la maison, il arrive ! » Je demande qui, mais elle ne se rappelle pas son nom, elle s'énerve : « Mais tu sais... comment il s'appelle... tu sais... » Je monte sur ma moto et la rejoins. Il s'agit de Pierre, qui est maintenant à la porte. Il s'assoit, un grand sourire aux lèvres, avec son amie dans le canapé. Je peux jauger, à la tête qu'elle fait, le malaise d'Annie. Je me tiens un peu à l'écart et écoute les explications développées par Palmade. La comédienne, elle, ne dit rien. Elle nous regarde tour à tour, Pierre et moi. Elle ne donne pas vraiment de réponse à son offre, et puis elle change de sujet. Elle lui demande des nouvelles de sa femme. Surpris par la question, Pierre lui répond qu'elle va bien et qu'actuellement elle répète pour l'Olympia. Immédiatement, Pierre Palmade se rue sur le téléphone et appelle Véronique Sanson qu'il met sur haut-parleur. Elle embrasse très fort Annie et surtout elle lui explique qu'elle se trouve à son piano. Et là, elle exécute un morceau entier piano voix. Je suis aux anges, Annie est souriante et émue. Dans cette répétition privée, nous trouvons tous une harmonie qui nous arrache hors de notre terrible quotidien.

Le comique, après une heure de bavardages, se lève, nous embrasse et s'en va. Je l'imite. Une trentaine de minutes plus tard, je reçois un nouveau coup de fil d'Annie. Elle m'explique qu'elle veut dire non à Palmade, qu'elle ne se sent pas de succéder à Jacqueline Maillan, qu'elle ne sera pas à la hauteur. Malgré la confiance que je tente de lui donner, elle reste décidée à ne pas accepter le rôle. L'appel a quand même bien une fonction : que je sache qu'il faut appeler Pierre Palmade pour l'informer qu'elle refuse.

D'abord, je me suis étonné qu'elle ne veuille pas. Ensuite, je me suis dit qu'encore une fois elle redoutait les marches, les vertiges, les pertes de repères et de mémoire. Elle était encore, à ce moment-là, dans le texte de *Madame Marguerite*, elle se concentrait pour ne pas l'oublier. Alors deux rôles à mémoriser, elle devait penser que c'était trop. Enfin, la maladie, en jouant à la perturber, en la narguant à coups de grand huit, la rendait superstitieuse. Jacqueline était partie et Annie entendait siffler l'air autour d'elle. Monter sur scène aurait été comme se rapprocher du ravin. Or, depuis qu'elle était malade, Annie omettait d'être maso, elle ne s'amusait plus à se faire peur et fuyait l'autodestruction. C'était au moins ça, même si c'était trop tard.

Elle se sait malade, Annie, ces vertiges incessants en sont à la fois la preuve tangible et la raison. La mort creuse son lit immaculé dans sa tête, emporte des pans entiers de sa mémoire et de son identité. Dans ces béances qu'elle provoque, Annie a froid. Et l'annonce du décès de ses camarades, des gens de sa génération, la glace un peu plus. Celui de Philippe Noiret la bouleverse. Je ne sais pas comment le lui annoncer. Une fois le choc passé, elle qui d'habitude laisse s'évanouir les informations récentes s'agrippe douloureusement à celle-ci. Elle ne parle que de ça. Elle me dit : « Tu te rends compte, Noiret est mort. Ce n'est pas possible, qu'est-ce qu'ils ont tous à partir ? » Tous la devancent dans la tombe, tous ont déjà basculé dans cette fosse contre laquelle elle se débat. Elle veut transmettre ses condoléances à la veuve de Philippe Noiret, lui faire porter des fleurs, et surtout elle tient à assister à son enterrement. Depuis qu'elle a appris la sinistre nouvelle, elle est dans un état de tristesse profonde. Elle a les larmes aux yeux et il nous semble qu'elle se remémore les moments avec son copain mort. Alzheimer abîme un peu moins les souvenirs anciens. Il est plus simple pour la malade d'avoir en tête des séquences des années 70 plutôt que celles d'hier ou d'avant-hier.

Le jour de l'enterrement, une copine d'Annie, Jacqueline, passe nous chercher à l'appartement. Aucun soutien n'est superflu. Le cafard a investi l'atmosphère. Dans la voiture, je vois Annie, très affligée, qui regarde par la fenêtre. Un épais désespoir l'a envahie. Elle est mutique et lorsque je l'interroge : « Ça va, Annie ? », elle répond, sans bouger, avec raideur : « Oui, ça va. » À l'église, les choses se compliquent avec les marches, les photographes, les célébrités qui connaissent l'actrice. Je fais du sport pour éviter le pire. En sortant de la messe, Annie veut embrasser Gérard Depardieu.

– Tu te rends compte, Gérard ? Merde, font chier, qu'est-ce qu'ils ont tous à partir ? De toute façon, je le sais, c'est bientôt mon tour.

– Mais non, Annie, qu'est-ce que tu racontes ?

Non seulement elle vit mal l'abandon de ceux qui partent parce qu'elle craint spécialement la solitude, mais elle se sent partir elle aussi. Elle doit penser que, finalement, tout s'en va, les autres et elle. Beaucoup l'ont quittée et ceux qui ne l'ont pas encore fait le feront, c'est imminent. « Léo, tu t'en vas pas, hein ? » Parfois, je la raisonne, j'insiste sur le fait que tout le monde n'est pas encore mort, qu'elle n'est pas seule. J'énumère les vivants qui restent et qui l'aiment, et je conclus par un : « Tu vois, tu n'es pas près de te retrouver seule ! » Mais Annie est têtue et la maladie n'arrange rien, au contraire, elle se met au service de l'inconscient de sa proie. La crainte de la disparition des autres, la crainte de l'abandon finissent par prendre beaucoup de place et par donner une consistance aux fantasmes.

15

Boulevard du crépuscule

L'été est là mais n'a sur moi aucune vertu. Je ne suis pas très gai. Depuis qu'Annie est malade, chaque nouvelle saison me rappelle que notre temps, ensemble, se raccourcit, qu'à la longue, c'est elle, Alzheimer, qui sera victorieuse. Alors, le printemps de cette année 2006, les bourgeons, la sève qui monte et l'été, le soleil et sa chaleur, les vacances, je m'en fous pas mal. J'ai cette satanée rumeur sur le cœur, ça m'empêche de respirer normalement.

L'hebdomadaire *Paris-Match* me contacte à cette époque-là. Ils prévoient de faire huit pages sur Annie, sur sa carrière, à la rentrée. Je réserve ma réponse mais fixe un rendez-vous au cabinet de l'avocat d'Annie. On discute à trois des modalités et tout se passe plutôt bien. Au moment de partir, la femme qui représente les intérêts de *Match* me demande : « Mais elle va bien, Annie ? » La réponse est oui, spontanément, mécaniquement, éternellement. Mais je veux comprendre d'où vient cette question. « J'ai entendu dire qu'elle n'allait pas bien. » Une de plus qui a entendu dire. Ne rien dire et laisser dire ou parler et clore le sujet ? Mais parler peut se révéler néfaste. Continuera-t-on à faire tourner une Girardot malade ? Les assurances ne l'accepteront jamais, les producteurs craindront les dépassements et les réalisateurs ne lui feront plus confiance. Si Girardot ne sait plus qui elle est, est-elle encore capable de devenir une autre, un personnage ? J'ai tout cela à l'esprit et ça me torture.

Les événements, encore une fois, vont précipiter ma décision. Le programme de l'été que nous avons établi avec Annie et Valéra est assez dense. Des tournages, des invitations à des festivals et une petite parenthèse enchantée chez mes parents en Bretagne, à Auray. L'été est particulièrement chaud, alors, quand nous quittons Auray, nous avons dans la voiture de l'eau fraîche, des sodas et j'ai mis la climatisation à fond. Je conduis et, régulièrement, je jette un coup d'œil dans le rétroviseur. Annie semble calme. Elle regarde le ciel par la fenêtre et paraît perdue dans ses pensées. Elle n'a pas très bonne mine. Ma mère, pendant notre séjour chez elle, ne cessera de me dire : « Ça va, Annie ? Parce qu'elle n'a pas l'air bien. Je ne la trouve pas comme d'habitude... » Ma mère aussi, je la rassurerai, je lui promettrai que tout va bien...

Je veux vérifier qu'Annie se sent bien derrière.

– Annie, tu es sûre que ça va ?

– Oui, oui, ne vous inquiétez pas, tout va bien.

Mais personne n'est dupe, alors Valéra :

– Ça va, Annie, tu es sûre que tu n'as pas chaud, ou froid ?

– Non, non, tout va bien, mais je voudrais juste qu'on s'arrête, il faut que j'aille aux toilettes.

On vient juste de s'arrêter dans une station-service. Valéra a accompagné Annie jusqu'aux toilettes qui a finalement changé d'avis.

– Mais Annie, on vient de s'arrêter, t'as pas voulu y aller !

– Oui, je sais, mais fais vite, c'est pressant.

Une aire d'autoroute se présente. Elle est parfaite parce qu'elle est déserte ou presque, avec seul un poids lourd immatriculé en Pologne. Quand Annie descend de la voiture, son pas n'est pas très assuré. Valéra la prend par le bras pour l'emmener jusqu'au bâtiment des toilettes. Moi, je suis dehors avec mon chien Arcos que j'ai sorti, et je suis en train d'étudier la carte routière. Soudain, j'entends hurler : « LÉOOOO !!! » En panique, je cours vers les W-C, et là je découvre Valéra qui tient Annie à bout de bras. J'essaie de faire réagir Annie qui est à moitié dans les vapes. En moins de deux, je vais chercher la voiture, je récupère le chien que je jette dans l'habitacle, je me rapproche de Valéra et Annie pour qu'ils montent et j'accélère. Je prends l'autoroute à cent quatre-vingts à l'heure.

Je ne conduis que d'une main, parce que de l'autre j'appelle les secours. Je me dis qu'ils pourront nous rejoindre quelque part sur le chemin. Annie s'est remise entre-temps, elle a repris des couleurs et, de nouveau, elle scrute le paysage dans lequel elle voit des vaches. Elle nous sort la réplique d'un de ses rôles : « Les Belgeuh, les vacheuh. » Si je n'étais pas si affolé, j'en rirais. Je vois les kilomètres défiler puis je m'arrête à la borne indiquée au téléphone par la gendarmerie.

Ils nous rejoignent cinq minutes plus tard, alors que je suis en train de déambuler de l'autre côté de la barrière de sécurité dans la terre en la marquant à chaque pas de tout mon poids. Il faut dire que je suis dans un état de stress épouvantable. J'ai appelé Giulia pour lui raconter. Valéra est resté dans la voiture. Il a eu tellement peur. Annie, elle, est assise sagement dans la voiture et elle répète encore sa phrase : « Les Belgeuh, les vacheuh. » La scène est improbable.

Je donne aux pompiers qui viennent d'arriver l'identité de la victime du malaise. Ils la transmettent aux gendarmes qui m'expliquent que « dans ces cas-là il faut en référer plus haut ». Par « dans ces cas-là », ils veulent dire quand ils ont affaire à une célébrité comme Annie Girardot. Je ne vois pas bien pourquoi et ça ne m'arrange pas du tout. Je ne tiens pas à ce que la terre entière soit informée qu'Annie a fait un malaise sur l'autoroute ! Moins les faiblesses d'Annie sont visibles, mieux c'est. J'ai l'habitude de tout étouffer, de tout éteindre, de tout border, pour que rien ne filtre, pour qu'aucun journal ne publie de saloperies.

Décidément, Annie va mieux. Depuis que les pompiers sont là, elle est toute guillerette. Je crois rêver quand je l'observe en train de déconner avec tous ces jeunes hommes admiratifs et attentifs. Si le moment est mauvais pour moi, il semble plutôt bon pour Annie. Nous allons ensuite à l'hôpital le plus proche. Des examens divers sont faits et les médecins sont rassurants. Elle a seulement fait un malaise vagal. Pour le reste, tout va bien, Annie est en bonne santé. Ça me fait toujours sourire d'entendre ça. Un comble. Effectivement, tout va bien, sauf Alzheimer.

Mais l'incident a été un peu trop bruyant et, dix jours plus tard, *France Dimanche* fait sa couverture avec un violent « Annie Girardot terrassée par un malaise cardiaque à son domicile ». Un malaise cardiaque, n'importe quoi. À son domicile, n'importe quoi. Je ne peux plus rien contrôler. Tout le monde parle et dit n'importe quoi. Le secret bouge au fond comme s'il voulait sortir complètement.

Le secret pourrit ce qu'il touche. Alors il est temps, je le sais, je le sens. Face à la rumeur et aux calomnies, le secret n'est plus de taille. Je téléphone à Giulia pour lui rappeler la proposition de *Paris-Match*. Autant couper court à tout ce déversement dégueulasse sur sa mère, autant éviter les ulcères, autant parler. Oui, il est temps maintenant. Je me charge de donner l'accord de Giulia à *Paris-Match* et d'organiser la rencontre. Il est clairement établi que l'objet des huit pages, c'est la carrière d'Annie, avec à la fin, en conclusion, l'officialisation de sa maladie.

Les entretiens doivent se passer chez Annie avec Giulia, Lola, Valéra et moi. C'est Irène Frain, écrivain et journaliste, qui est l'intervieweuse. Tout se déroule à merveille ce jour-là. Annie est radieuse. Elle est heureuse d'avoir autant de gens qu'elle aime avec elle. Le tact et la douceur d'Irène Frain mettent tout le monde en confiance, alors on se livre facilement. Elle repart avec les réponses à toutes les questions qu'elle a posées. L'ambiance est détendue, presque légère. La levée du secret soulage, c'est perceptible dans l'air. Les proches d'Annie viennent de se libérer. Nous n'aurons désormais plus cette angoisse, cette peur qu'on découvre la vérité. Nous n'aurons plus à tout surveiller, à nous censurer. Et puis, surtout, nous ne serons plus seuls à savoir, isolés et rigidifiés par le secret, nous pourrons partager, communiquer, parler, nous soulager de notre malheur.

J'aurais pu m'en douter mais je ne pouvais pas prévoir. J'aurais pu deviner que la rédaction de *Paris-Match*, ayant un scoop, ne se contenterait pas de le dissimuler à la fin d'un article. Qu'au contraire elle le mettrait en valeur pour en tirer le profit maximum. Un journal, je le sais bien pourtant, n'est pas voué à l'humanitaire, à l'altruisme, à la bienveillance. Un journal est fait pour être vendu, or il se vend quand l'info est bonne. La carrière d'Annie, tout le monde la connaissait. La maladie d'Annie... Nous ne pouvions pas prévoir, ni moi ni les autres. Nous comptions sur une phase de transition, un sas entre le non-dit et le dit, un intermédiaire doux entre le secret et la déclaration. On attendait que ce soit livré dans *Match,* mais à voix basse, sur le ton de la confidence. On ne voulait surtout pas d'un hurlement soudain qui déchire en une fois la gangue du secret.

C'est en passant devant le kiosque que je découvre la couverture de *Paris-Match.* Il est écrit en gros caractères : « Annie Girardot, son combat contre la maladie d'Alzheimer ». L'effet est pire que celui provoqué par le titre de *France Dimanche* sur la prétendue attaque. Hier la calomnie, aujourd'hui la trahison. Je suis choqué, écœuré, déboussolé. J'appelle l'avocat d'Annie, mais sa proposition de demander réparation me paraît vaine. Le mal est fait. Et puis je n'ai pas autorité sur la question. En plus, l'article en soi n'est pas méchant, plutôt respectueux même. Enfin, ils sont libres de traiter l'information comme ils veulent, surtout quand il s'agit d'une information donnée officiellement.

Donnée, et non vendue comme beaucoup semblent le croire alors. Quand je rectifie, je me fais engueuler : « Mais vous êtes con, vous auriez dû le vendre, le reportage, c'était le moment de se faire du blé ! » Je suis si fatigué que j'acquiesce, j'accepte pour ne plus avoir à me battre. Au fond, je suis très préoccupé, je pense à l'avenir. Je cherche des moyens à ma portée pour rectifier le tir, pour faire comprendre que c'est Annie qui est un peu malade, pas Girardot, qu'il ne faut pas mettre Girardot à la retraite sous peine de tuer Annie.

Je n'accepte pas le silence provoqué par l'annonce de *Match*. Tout le monde a déserté. Alors j'organise une réplique. C'est avec l'émission *Sept à huit* que je fais ma contre-offensive. Je négocie avec eux pour qu'il n'y ait aucune image désobligeante et j'accepte le tournage. Je me dis alors que de la montrer en live, bougeant, vivante, est la manière la plus adéquate de démontrer qu'Annie, malgré tout, va bien.

Depuis l'annonce de la maladie d'Annie dans *Paris-Match*, les demandes de tournage se font rares, voire inexistantes. Je m'angoisse de cette situation car je sais qu'elle est propice à l'avancée de la maladie. J'en discute avec Nicolas Baulieu et Hélène Badinter, sa productrice, que j'adore. Nous sommes d'accord sur le fait qu'il faut qu'elle continue à travailler, que nous ne pouvons pas permettre cette inactivité. Nicolas propose de réfléchir, d'écrire quelque chose pour qu'il y ait un tournage autour d'Annie.

C'est comme ça que germe l'idée en novembre 2006 du documentaire *Annie Girardot, ainsi va la vie*. Quand je soumets l'idée à la comédienne, je parle d'un film sur sa vie, je précise que Nicolas veut montrer comment elle travaille avec Val, Anne et moi. Je ne dis rien, encore une fois, de la maladie.

Annie est d'accord. Elle connaît bien Nicolas, elle répète souvent : « Je t'aime, j'ai confiance en toi. » Il est là, il tourne dès que nous sommes en action, quelque part, à des festivals ou à d'autres occasions. Elle se met à nu avec lui, j'en suis presque gêné parfois.

Nicolas, lui, au fur et à mesure, rapproche son regard. Il finit par la voir de si près qu'il est profondément atteint. Il constate, il ne peut faire autrement, c'est son métier, les situations, il note l'évolution. Il comprend que la maladie prend le pas, qu'elle est invincible. Sa vision change, il s'intéresse toujours au combat qu'Annie mène avec la complicité de son entourage, mais il regarde Annie de plus en plus intimement, autrement, avec plus d'empathie encore. Il décide, avec mon accord, d'écrire un texte comme un miniscénario et de le faire dire par Annie. L'idée étant de créer des conditions de tournage pour mettre Mme Girardot à contribution, pour la faire travailler. Évidemment, le personnage écrit par Nicolas Baulieu, en fait, c'est Annie. Il s'agit d'une femme qui perd la mémoire et qui dit aux autres son amour tant qu'elle est encore capable de les reconnaître et de les aimer. Il n'y a qu'en passant par Girardot qu'Annie peut se montrer. Paradoxal processus qui emprunte la fiction pour faire admettre la réalité et qui, pour aider Annie à lutter, appelle Girardot à la rescousse. Le genre de schizophrénie installée par le secret et le mensonge, ce « quelqu'un d'autre qu'Annie est malade », trouve dans le texte de Nicolas son paroxysme... et sa résolution. Puisque Girardot dit « je suis malade », Annie enfin peut l'admettre. Se résoudre, elle n'y arrive pas du premier coup. Quand je regarde le documentaire, je ne peux réprimer mon émotion. Girardot, parce que Annie fait de la résistance, ne veut pas dire qu'elle perd la mémoire. Elle veut encore moins dire que cette mémoire ne reviendra plus. Le documentaire de Nicolas sera son dernier film, le plus vrai, le moins fictif, le plus définitif.

Au bout de huit mois de tournage, Nicolas Baulieu a cessé de tourner. Il n'avait pas prédéterminé la fin de son documentaire, il n'en avait pas précisément prévu la conclusion. Ce n'était pas nécessaire. Je sentais que le déclin plus rapide d'Annie allait accélérer le départ de Nicolas et de ses caméras. Je le redoutais comme le point de la lame qui me séparerait d'Annie pour toujours.

Ceux qui l'aiment sont toujours là. Mais la maladie a tricoté pour elle une autre réalité et dans cette autre réalité, il n'y a plus grand-chose. Tout est blanc, neigeux. Les silhouettes de ceux qui l'aiment ne se découpent même plus dans ce brouillard. Les lignes sont comme absorbées par le fusain blême. Annie, en ce dernier jour de tournage, est assise sur un banc de la place des Vosges, dos à dos avec une dame qui la reconnaît et engage la conversation avec elle. Au bout d'un moment, saisie par un puissant vertige, Annie ne sait plus où elle est. Et, alors que nous ne nous tenons qu'à quelques mètres d'elle à peine, Annie dit ne pas savoir qui nous sommes, nous qui l'avons amenée sur ce banc. Alzheimer nous a éclipsés comme elle chassait hier nos noms. Annie n'est pas seule, nous ne sommes pas morts, sauf que c'est comme si. Annie est seule. Les caméras se sont retirées, pudiquement.

16

Page blanche

LÉO : Tu sais où l'on va, Annie ? On va à une soirée à l'IFRAD, qui est une association de lutte contre la maladie d'Alzheimer.

ANNIE : ...

C'est la première fois que le nom est prononcé devant Annie. Cette fois, pas de périphrase, « perdre la mémoire », pas d'image, « perdre la tête », pas de bip de censure, pas de blanc. Le gros mot est jeté dans la voiture. Il ne l'est pas sur Annie, je n'oserais pas. Surtout, ça n'aurait pas d'intérêt. J'ai lu sur le sujet, j'ai parlé avec les médecins, j'ai testé la vie avec la malade, je sais dorénavant ce qu'il convient de faire ou pas pour elle. Je le balance, le nom, par réflexe. J'informe toujours Annie de notre destination sur le chemin. Elle doit savoir par avance où elle va mettre les pieds, elle doit être préparée. Je n'ai rien calculé cette fois, j'ai parlé avec la spontanéité que facilite la fatigue.

Quand Véronique de Villèle invite Annie à être la marraine d'une soirée organisée au profit de l'IFRAD, elle n'est pas au courant. Mais le hasard, avec son ironie habituelle, a soufflé l'idée à l'ex-moitié de « Véronique et Davina », qui s'est empressée de me téléphoner. Nous nous connaissons par l'intermédiaire de Muriel Robin et je ne peux qu'être favorable à une soirée où Annie retrouvera ses vieux potes. Il y a Mireille Darc et Alain Delon qui jouent *Sur la route de Madison*, alors je suis certain qu'elle sera heureuse. Avant, une conférence est organisée sur la maladie, à laquelle Giulia et ses enfants ont prévu d'aller.

Quand la pièce est terminée, Annie est heureuse, elle applaudit avec enthousiasme. Alain Delon revient sur scène pour faire un discours sur la mémoire qui me touche. Il clôt par une phrase marquante : « Pour une fois, je sais malheureusement de quoi je parle. » La star s'empresse ensuite de rejoindre Annie qui n'a bien sûr pas compris l'allusion de son ami Alain. Il s'adresse à moi en me tapant sur l'épaule. Il me dit, l'air très sérieux comme il sait faire : « Je te la confie, tu la protèges. » Ils s'aiment, les deux, depuis longtemps. Meilleur ami de Renato, partenaire dans les films de Visconti, il tient une place prédominante dans le cœur d'Annie. Elle le voit peu mais l'aime fort. Elle le voit peu, ce pote de son mec, mais le reconnaît sans difficulté.

C'est rare. Avant, déjà, Annie retenait mal les noms. Elle s'intéressait aux visages qu'elle mémorisait. Avec Alzheimer, elle finit d'oublier les noms et se met à oublier les visages. Les noms propres disparaissent presque totalement. Quant aux noms communs, ils sont progressivement engloutis dans le maelström de l'oubli. Au début, les mots sont encore là, mais les connexions ne se font plus correctement entre les mots et les choses ; la malade peine à identifier le monde. Ensuite, les mots, recouverts de blanc, ne sont plus accessibles à la malade qui ne peut associer les choses à rien. C'est comme ça que les choses disparaissent dans son esprit, quand elles n'ont plus de mots.

Au départ, Annie fait des efforts, elle cherche ses mots. Souvent, elle s'énerve. Quand elle ne retrouve pas le nom d'un film, d'un acteur ou d'un lieu, elle s'irrite et explose : « Merde, merde, merde ! Argggghhh, je me rappelle plus ! » Sa colère n'est qu'une autre expression de sa souffrance. Je comprends combien ce doit être terrible d'oublier et de se triturer les méninges en vain. N'importe qui comprend combien c'est énervant d'oublier, de ne pas trouver le mot que l'on cherche.

Les confusions d'Annie créent parfois des situations comiques. Jusqu'au bout, j'en ris. Jusqu'au bout, je cherche l'espoir, dans n'importe quoi. Cette fois, c'est une histoire de quiproquo. Nous venons de rentrer à l'appartement après la cérémonie des César. Je prépare la chambre de Nannie qui m'a suivi. Elle retire sa veste mais ne sait pas quoi en faire. Elle voudrait l'accrocher, elle hésite, elle cherche, puis elle me demande : « Bon, je la mets où, ma veste ? » Je lui dis énergiquement : « Ben, sur le perroquet bien sûr. » Elle se dirige vers l'entrée, de son petit pas qui frotte contre la moquette. Je n'entends plus rien et, à nouveau, un bruit de petite souris dans le couloir. Elle est encore une fois dans la chambre et elle a toujours sa veste à la main.

– Ben, pourquoi tu poses pas ta veste ?

– Ben, pourquoi tu te fous de ma gueule ? Y a pas de perroquet !

– Ben si, à côté de la fenêtre, dans l'entrée.

La voilà qui repart. Même bruit de glissements légers dans le couloir. Cette fois, je la suis. Elle reste hébétée quelques secondes dans l'entrée et, quand elle me voit, moi qu'elle prend pour un mystificateur, elle fait une tête qui veut dire « tu ne devrais pas te foutre de ma gueule ». Je lui montre le portemanteau :

– Tu vois, il est là, le perroquet !

– Ah d'accord, ce perroquet-là !

Je ris de bon cœur avec elle qui s'imaginait en fait un oiseau dans une cage. Elle devait probablement présumer qu'il lui fallait couvrir de sa veste le volatile pour lui faire croire à la nuit et le faire taire. Je souris en pensant que c'est elle qui m'a appris ce terme. Mon lexique s'est enrichi au fur et à mesure que celui d'Annie s'est perforé. De la même manière, plus j'ai connu de gens par le truchement d'Annie, plus elle les a oubliés. D'ailleurs cette inversion proportionnelle servait peut-être à maintenir un équilibre. J'avais pris l'habitude de jouer les « aboyeurs ». Dès qu'un pote d'Annie, pourvu qu'il soit célèbre ou que je l'aie déjà croisé, approchait, je soufflais son nom dans l'oreille de ma protégée. Comment, ne la sachant pas malade, ses amis auraient-ils pu comprendre qu'elle ait oublié leur nom ?

Je me repose. En tout cas, j'essaie. Alzheimer persécute Annie et ne laisse aucun répit à ceux qui sont autour. Plus la maladie progresse, plus elle devient insupportable. La victime subit cette évolution avec toutes les angoisses qui lui sont inhérentes. Les aides-malades portent ces tourments avec un piquant en bonus, la lucidité. Et puis, phénomène naturel, mimétisme logique, ils finissent par ressembler au malade et manifester ses symptômes. Ils s'exténuent dans leur plan de sauvetage et risquent la noyade conjointe.

D'autant que nous savons ne pas pouvoir empêcher Annie de couler. Je me repose mais je ne dors pas. Comme elle, je navigue entre deux eaux, je fais des rêves presque éveillés. Là, je suis allongé avec Annie à mes côtés. Elle me parle, pas très distinctement. Mais je l'entends. Moi, je suis comme paralysé de la glotte, je ne peux émettre un son. Nous demeurons ainsi, comme dans un tombeau, quelques instants. Un bruit de briquet, une odeur de cigarette, une bouffée tirée goulûment. Autour de nous, l'atmosphère s'épaissit, un brouillard dense s'installe, d'abord gris, puis blanc. Affreusement blanc. Un blanc presque fluo de soleil qui se mire dans la neige. Annie semble bouger, se rapprocher de moi. Je ne la vois plus.

Je ne commente pas mes rêves, je les traverse et me « réveille » avec leur goût encore dans la bouche. Une saveur un peu âcre et caramélisée de tabac sur mes lèvres. Nous partageons ce plaisir avec Annie, de griller des cigarettes. Nous faisons des pauses, même si nous les savons illusoires, inutiles : elles n'arrêtent rien, ces clopes, ne ralentissent rien. Souvent, ça l'amuse d'être un peu grivoise, elle me regarde et dit : « Une pipette ? » Souvent, je renchéris par un : « Une p'tite pipe ? »

Annie a toujours eu une gitane au bec. La cigarette, comme un appendice, est devenue indissociable du personnage. On a pris l'habitude de la voir téter et personne n'aurait imaginé qu'elle arrêterait, surtout pas malgré elle. D'ordinaire, cesser de fumer se mérite, il faut pour cela fournir des efforts surhumains de relaxation, de compensation, de contrôle. Dans le cas d'Annie, c'est la maladie qui fait le boulot. Oui, il est possible, y compris pour les plus névrotiquement attachés à la cigarette, d'oublier de fumer. Avec Alzheimer, le malade compte les clopes qu'il ne fume plus quand le non-malade calcule les clopes qu'il fume encore.

Le comportement d'Annie avec ses cigarettes est, selon moi, un bon indicateur. Les premiers temps, elle triture son paquet de gitanes avant d'en extraire une, qu'elle tape des deux côtés sur la table et qu'elle allume. Ensuite, elle a tendance à se tromper de côté et à enflammer le filtre. De plus en plus souvent, elle commet l'erreur, ce qui ne manque pas de m'inquiéter. Enfin, elle omet de fumer. L'existence du paquet de cigarettes s'amenuise dans son esprit, elle ne prend plus l'initiative, se contente de nous suivre, Val et moi, dans notre envie de fumer. Les clopes s'espacent de plus en plus, la cartouche qui avant durait six jours dure maintenant trois semaines. Mon sentiment vis-à-vis de cet abandon forcé de la cigarette est ambivalent. D'un côté, je me réjouis de la deuxième vie des poumons d'Annie, d'un autre côté, je suis peiné à l'idée que, même ça, même ce besoin ancien et viscéral, elle puisse l'avoir perdu.

17

Dernière marche

L'avancée du mal, je l'ai constaté, n'est pas linéaire. Par périodes, par situations, l'état s'aggrave ou s'améliore, ce qui rend compliqué son traitement. La ligne d'arrivée, au contraire, est invariable. Elle est là, elle attend, elle a tout son temps. Et là, c'est imminent, elle va être franchie. En Angleterre.

Août 2006, après l'incident du malaise vagal, Annie est attendue en Grande-Bretagne où elle doit tourner ce film de guerre pour lequel elle a fait des essais costumes. Cette fois, je ne suis pas le seul à l'accompagner, Anne est de la partie. Val, en raison de sa nationalité biélorusse qui pose souvent problème pour les déplacements à l'étranger, ne vient pas, mais comme toujours prépare les affaires d'Annie. Nous faisons un petit point avant le départ et il n'est pas très positif, ce point. L'été a été rude et la santé d'Annie s'en ressent. Nous la trouvons très absente et nous sentons assez mal ce déplacement outre-Manche.

À l'hôtel, à Londres, Anne a la même mauvaise impression. Le dîner dans la chambre d'Annie est sinistre. L'actrice ne décroche pas un mot. Nous l'aidons ensuite à se coucher et lui donnons des instructions : ne pas bouger, ne pas sortir du lit. Nous avons besoin tous les deux de prendre l'air. C'est la première fois que nous en avons vraiment l'occasion. Pendant notre promenade, nous parlons d'Annie bien sûr, et de nous aussi. Nous tombons d'accord sur les difficultés de plus en plus lourdes que nous rencontrons à nous occuper d'elle, à protéger tous les jours le secret, à mentir tous les jours. Pour ma part, je sens bien que je suis à bout de forces, que je m'épuise dans un combat déjà tranché. Je sais qu'il faudra parler bientôt et qu'à un moment je ne pourrai plus gérer. Je sais qu'il faudra lâcher bientôt, parce que je suis au bout de mes possibilités, de mon pouvoir.

Mes responsabilités sont devenues trop importantes pour moi, je suis usé. J'ai peur de me sentir bientôt coupable de ne rien pouvoir faire, ou de ne rien avoir pu faire. Je ne dors plus vraiment, j'ai des pertes de mémoire, je cherche mes mots, je fais des fixettes sur des trucs, je suis devenu susceptible.

Je ne me reconnais plus, et pour cause. Je ne sais plus très bien qui je suis. La maladie m'a tellement absorbé qu'elle m'a pulvérisé. Par empathie, je suis devenu Annie, par empathie, je suis devenu la maladie. J'ai, moi aussi, perdu mes repères et, dans l'incapacité matérielle de penser à moi, je me suis perdu.

Nous devons bien nous l'avouer avec Anne : nous ne pouvons pas continuer comme ça. Nous remontons dans la suite d'Annie qui ne dort pas et qui gueule : « Anne Sellier, tu es là ? » Je vais la voir et lui dis :

– Oui, elle est là, Anne.

– Elle me quitte pas, hein ?

– Non, elle te quitte pas. Tu sais que tu vas tourner demain.

– Ah bon ?

– Oui, tu es en Angleterre pour un film.

– Ah bon ? Ils n'ont jamais voulu de moi, les Anglais. Mais c'est pas grave puisqu'on est à Los Angeles !

Annie finit par s'endormir. Pas moi. Le lendemain matin, nous avons sept cents kilomètres à parcourir pour nous rendre sur le lieu du tournage, un coin désert. Dans l'hôtel où nous débarquons, il n'y a pas un chat et je ne serais pas surpris de voir apparaître Jack Nicholson en train de tourner la suite de *Shining*. Décidément, les ondes pourraient être meilleures. Après une petite nuit et un déjeuner sommaire pendant lequel Annie n'a pas l'air en super forme, nous filons vers le tournage. Le fait de grimper dans la caravane pour le maquillage est, comme toujours, un problème et il n'est pas le seul : je ne pensais plus à la Suissesse, au fait qu'une personne sur ce film était en mesure de découvrir les failles de la comédienne.

Au bout de quelques instants, la maquilleuse vient me voir, la mine défaite, et me dit : « Je ne comprends pas très bien ce qu'elle me raconte. Elle me répète que Jane Birkin est morte à Los Angeles ! » Habitué à brandir la réponse adéquate, je l'excuse par « la route était longue », « le voyage a duré », « elle est fatiguée en ce moment ». Mais en fait, à l'intérieur, je suis tout décomposé. Je crains que la Suissesse ne parle. Ma crise d'angoisse, je m'empresse de la transférer sur Anne car elle est trop lourde.

Le tournage commence et il se passe mal, extrêmement mal. Annie a deux séquences : une où elle doit dire son texte, l'autre où elle doit faire une action. Pour Anne et moi, il est souhaitable qu'elle les tourne dans l'ordre texte puis action. Mais le réalisateur a fait un autre choix, ils vont commencer par la scène de mouvement. Annie est à côté d'un poteau et doit se retourner et marcher dans une direction où Anne s'est mise. Au moment où c'est à elle de bouger, elle reste immobile à côté de son poteau. Anne, qui lui parle dans l'oreillette, lui indique de la rejoindre, de marcher vers elle. Mais Annie n'y parvient pas. Elle ne comprend même plus que c'est Anne qui est là dans l'oreillette puisqu'elle dit : « Oui, qui me parle ? » Elle saisit en revanche qu'il y a un souci et qu'elle en est la cause, alors elle panique. Je dois être livide parce que j'ai senti le sang se retirer de mon visage. J'entends, sans pouvoir traduire, l'équipe de tournage se concerter. Dix minutes plus tard, le directeur de production intervient dans la discussion. Je sens la catastrophe poindre. Et j'entends : *« Cut ! »*

C'est l'heure du déjeuner, tout le monde se dirige vers les camions cantines. Je regarde Annie avec un air tragique. Une petite voiture vient la chercher alors j'en profite pour marcher à côté avec Anne. Je lui confie mon pressentiment, pire, ma certitude : les Anglais vont renvoyer Annie. Dans sa petite voiture, d'ailleurs, Annie sent qu'il se passe quelque chose, nous paraissons troublés. Une fois à table, elle dit même : « Bon, ça va, j'ai compris, ils m'ont virée ! » Moi, je mange peu, vite et sors fumer des clopes à la chaîne. Je suis là à faire les cent pas quand je vois arriver le directeur de production et l'interprète. Ils m'annoncent assez clairement la mauvaise nouvelle. Ils disent : « La journée est finie pour vous, vous repartez demain à Paris. »

Quand j'entre dans la caravane, à ma tête, Anne comprend. Annie aussi, malgré mon mensonge. Je dis que tout va bien, qu'elle a fini et qu'on peut rentrer. J'en chialerais. J'attendais le moment où cela arriverait, où nous serions pris en flagrant délit de mensonge, où nous ne pourrions plus rattraper une situation. J'espérais seulement que ce serait le plus tard possible. Même s'il est préférable que l'incident ait eu lieu ailleurs qu'en France, il devient compliqué de le taire. Surtout, on ne peut plus croire qu'Annie pourra être encore Annie Girardot. Il faudra à l'avenir faire sans l'incroyable médicament qu'est un plateau de tournage.

La décision de parler dans *Paris-Match* découle de cette catastrophe.

La décision d'hospitaliser définitivement Annie, elle, n'est survenue qu'un an plus tard, dans une douleur immense. Val et moi devons accepter de « perdre » Annie. Ainsi en a-t-il été statué. Parce que ça devient trop lourd pour nous, parce qu'il lui faut des soins médicaux, parce que la situation s'est beaucoup dégradée, elle entre dans une maison de retraite. La violence du coup est colossale. Elle me coupe le souffle. Je pleure d'imaginer Annie abandonnée à sa maladie, à sa solitude et à sa tristesse. Elle veut, au début, avec notre complicité, se faire croire que c'est provisoire, qu'elle ne restera pas dans cette maison. Les fois précédentes, quand on l'a hospitalisée, elle est toujours retournée chez elle, dans son appartement. Et même si ses bibelots, ses photos, tout est là dans sa nouvelle chambre, elle refuse sa situation, définitive. À chacune de mes visites, elle dit vouloir rentrer chez elle.

Je viens la voir le plus souvent possible. Elle décline dans son insurmontable solitude et dans cette inactivité mortifère. J'essaie de discuter avec elle, mais je reçois du vide. Je me lève et je vais chialer dans le couloir. En partant, je comprends qu'à partir de maintenant Alzheimer va achever son travail de destruction de façon linéaire.

Je viens voir Annie régulièrement, assez pour souffrir, assez peu pour ne pas voir la chute. Elle ne parle plus, ne rit plus et parfois ne me reconnaît plus. Cette voix, si précieuse, si chérie, s'est étouffée sous l'oreiller de son lit d'hôpital. Son regard ne brille plus car elle ne voit plus le monde, elle ne peut plus aimer. Elle a perdu tous ses moyens. Il ne reste plus rien d'Annie. Nicolas Baulieu avait conclu son documentaire par : « Aujourd'hui,

Annie ne sait rien d'Annie Girardot. » D'Annie, il reste un corps affaibli par le départ de son âme. Il est devenu trop dur pour moi de voir cette enveloppe charnelle légère comme du vide.

Le vide fabriqué par la maladie chez Annie a fait son œuvre autour. Moi, je suis ruiné physiquement et psychologiquement. Le couple que je formais avec Valéra a explosé, le duo que je formais avec Annie s'est dissous dans le silence et le reste du monde s'est tu. Je n'ai plus d'appartement, plus de boulot, plus d'amis sans Annie. Je n'ai, en un mot, le seul dont Annie et moi on se souvienne, rien. Alzheimer a gagné sur tous les tableaux, la victoire est absolue. De moi, il ne reste plus que l'ombre d'une belle et triste histoire.

Épilogue

La semaine dernière, j'ai essayé. Je n'en ai pas dormi pendant trois jours. Je me suis préparé, je suis monté dans ma voiture, résolu. J'avais appelé Anne pour me donner du courage. Je me suis garé, j'ai marché jusque devant la porte de la maison de retraite.

Mais au moment où j'allais entrer, j'ai été comme saisi par unc main énergique qui me tirait en arrière. Je n'ai pas pu. Je suis resté comme ça cinq longues minutes devant la porte, indécis. Et puis j'ai tourné les talons.

Mon demi-tour était ce livre. Et la main énergique, c'était la vie qui me réclamait.

Table des matières

Prologue 7

1 – « Vous êtes qui, vous ? » 11
2 – « Je suis qui, moi ? » 21
3 – Notre rencontre 33
4 – La loi du silence 45
5 – Entourage 59
6 – Enfermée dehors 69
7 – Action ! 83
8 – Tourner, à tout prix 95
9 – L'ombre blanche 111
10 – En boucle 125
11 – Sans sommeil 135
12 – L'hôpital 143

13 – Le vide 151
14 – Vertige 165
15 – Boulevard du crépuscule 173
16 – Page blanche 187
17 – Dernière marche 197

Épilogue 207

Remerciements

À mes parents que j'aime.

Merci à Anne-Laure Schneider, qui a cru en mon témoignage, pour son soutien, et sans qui ce livre n'aurait jamais vu le jour.

Merci à Michèle Levieux pour son aide et son amitié.

Merci à Sophie Blandinières, qui a su m'écouter, me comprendre, supporter mes humeurs, mais aussi déceler ma fragilité et m'aider avec une tendre générosité à « acccoucher » de ce livre.

Un grand merci à Hélène Badinter, une amie devenue importante dans ma vie, qui a su me remettre sur les rails et m'a entouré de beaucoup d'amour et d'amitié.

Merci à Alice Dona fidèle des fidèles. À Muriel Robin pour son aide. À Pierre Palmade pour ses textos toujours aussi surprenants et gentils.

Merci à Emmanuel Asmar qui a dû endurer mes colères et ma détresse, et à Delphine des Villettes.

Merci à mes amis : mon poto Jean-Christophe Gillard. Mes cop's Catherine Laporte, Michael et Céline Lendormy, Jérôme Rivon, Maryam Farghab (qui, du Maroc a été d'une aide précieuse) et à Jac Barron qui m'a secoué pour avancer. À Anne Seiller, Thierry Alonzo, François Ortarix... à tous ceux que je ne veux pas oublier qui m'ont soutenu et supporté pendant ces dernières années difficiles.

Merci à toutes les personnes qui m'ont témoigné leur soutien et leur tendresse sur ma page Myspace, Facebook, et dans la rue...

Merci à Véronique Devillèle pour son dévouement, aux médecins, aux professeurs, à la fondation IFRAD qui accomplit un travail remarquable pour la recherche.

Et MERCI à Annie avec qui j'ai passé des années exceptionnelles d'amour, d'humour, de pleurs, de cris... mais surtout de tendresse... tu me manques !

Fondation Ifrad
Bâtiment Roger Baillet
Groupe Hospitalier Pitié-Salpêtrière
83, Bd de l'Hôpital - 75651 Paris Cedex 13
Tel. / fax : 01 42 17 75 19
http://www.fondationifrad.org

Achevé d'imprimer en mars 2011
par l'Imprimerie Sagim à Courtry (Seine et Marne)

Composition PCA
44400 – Rezé

Dépôt légal : septembre 2009
N° d'impression : 12269
ISBN : 978-2-7499-1076-5
LAF 1179

Imprimé en France

L'imprimerie Sagim est titulaire de la marque
Imprim'vert® depuis 2004